大师游记经典系列

新大陆游记

梁启超 著

中华工商联合出版社

图书在版编目（CIP）数据

新大陆游记 / 梁启超著. —北京：中华工商联合
出版社，2019.10
ISBN 978-7-5158-2558-8

Ⅰ．①新… Ⅱ．①梁… Ⅲ．①游记－作品集－中国－
现代 Ⅳ．①I266.4

中国版本图书馆 CIP 数据核字（2019）第 187439 号

新大陆游记

作　　者：	梁启超
选题策划：	付德华　关山美
责任编辑：	楼燕青
封面设计：	北京聚佰艺文化传播有限公司
责任审读：	魏鸿鸣
责任印制：	迈致红
出版发行：	中华工商联合出版社有限责任公司
印　　刷：	涞水建良印刷有限公司
版　　次：	2020 年 6 月第 1 版
印　　次：	2021年 5月第 1次印刷
开　　本：	880mm×1230mm　1/32
字　　数：	160 千字
印　　张：	7.75
书　　号：	ISBN 978-7-5158-2558-8
定　　价：	62.00 元

服务热线：010－58301130
销售热线：010－58302813
地址邮编：北京市西城区西环广场 A 座
　　　　　19－20 层，100044
http://www.chgslcbs.cn
E-mail：cicap1202@sina.com（营销中心）
E-mail：gslzbs@sina.com（总编室）

目　录

徐 序

　　余游美数年，以余所见，举美国一学校也，举美国一兵队也，举美国一商店也，举美国一工厂也，举美国一家族也，举美国一花园也。以语任父，任父曰：良信。吾因而返观比较于我祖国，觉我同胞匪惟不能自治其国而已，乃实不能自治其乡，自治其家，自治其身；乃至所行者不能谓之路，所居者不能谓之室，所卧者不能谓之榻；此岂耻恶衣恶食，亦以觇文明程度之标准也。吾又觉吾同胞乃至言者不能谓之能言，立者不能谓之能立，步者不能谓之能步，此宁细故耶？国民之体魄，凡知一国强弱所由基也。细故如此，大者可知矣。余非崇拜西人者，余倔强之僻性，凡知我者靡不知之。虽然，余以我民族与彼民族比较，余惟有怵息，余惟有流涕；余不忍道，余又不忍不道。任父之在美也，余与之同游者月余。任父将为游记，余尼焉。既乃见其稿，则皆余之所欲言而不能言者也。且彼以十月间所观察所调查，乃多为吾三年间所未能见及，人之度量相越，不亦远耶？以是公诸世，其影响于民族前途者，必非浅鲜，岂徒小道可观云尔。任父索序，乃弁数言。

光绪二十九年十二月，同学三水徐勤

自 序

　　余游新大陆，日拉杂有所记，将诠次为一小册。君勉至纽约，尼余曰："子毋尔。凡游野蛮地为游记易，游文明地为游记难。子以尔许之短日月，游尔许之大国土，每市未尝得终一旬淹，所见几何？徒以辽豕为通人笑耳。"余颔其言，欲中止者屡。顾性好弄翰，有所感触，不能不笔之。积数月，碎纸片片盈尺矣。自一覆视，虽管蠡之见，可笑实甚，然容亦有为内地同胞所未及知者。宋人之献其曝，曝宁足贵？惟献焉者之愚诚欲已不自已也。因积两旬之力，诠次丛稿。既成，乞序于君勉而布之，志余愎谏之咎，且以自赎。

癸卯除夕，著者识

凡 例

一、兹编本游历时随笔所记，但丛稿盈尺，散漫无纪，令读者有恐卧之想。故返日本后，以两旬之力重理之。如今本一段中所记，或非在一时也。

二、中国前此游记，多纪风景之佳奇，或陈宫室之华丽，无关宏旨，徒灾枣梨，本编原稿中亦所不免。今悉删去，无取耗人目力，惟历史上有关系之地特详焉。

三、兹编所记美国政治上、历史上、社会上种种事实，时或加以论断。但观察文明复杂之社会，最难得其要领；况谫陋如余，又以此短日月，历彼广幅员耶？其不足当通人之一噱明矣。但以其所知者贡于祖国，亦国民义务之一端也。于吾幼稚之社会，或亦不无小补。大雅君子，尚希亮之。

四、此次于美国政治，所欲论述尚多。本拟附录一"美国政治评"，但稿太丛乱，重整理之，费日更多，出版更迟。故惟于归途篇略附一二，今后得间，再赓续之。

五、此次所至，承我海外同胞异常之欢待，实不克当。本宜详述，以志感谢。但限于篇幅，详叙或失诸冗漫，使读者生厌。故此类之笔记，悉从删去，诸君谅焉。

甲辰正月　著者识

由横滨至加拿大

一

首途

余蓄志游美者既四年，己亥冬，旧金山之中国维新会初成，诸同志以电见招，即从日本首途。前所作《二十世纪太平洋歌》，所谓"逝将适彼世界共和政体之祖国"者是也。道出夏威夷岛（即檀香山），夏人縶维之，约留一月行。既而防疫事起，全市华侨廛宅付一炬，环岛不通行旅者数阅月。于是余自庚子正月至五月，蛰居夏威夷：六月十七日严装往美，忽得上海电，促之归，遂以二十日回马首而西，道日本返上海。遽闻汉口之变，志不遂，遂折而南，由香港而星加坡而槟榔屿而印度，绕澳大利亚洲一周。辛丑四月，经菲律宾复至日本，居日本者又几两年。至是始续旧游，实癸卯正月廿三日也。

舟中

廿六日为余三十一初度。余频年奔走海内外，未尝有所终三年淹。其尤奇者，则年年今日，必更其地，十年来无一重复。自癸巳在家乡一度生日，诸母犹噢以饴饧枣栗之类。尔后，甲午此日在黄海舟中，乙未此日在京师，丙申此日在上海，丁酉此日在武昌，戊戌此日在洞庭湖舟中，己亥此日在日本东京，庚子此日在夏威夷岛，辛丑此日在澳洲雪梨市，壬寅此日在日本东海道汽车中，今年癸卯今日在太平洋。嘻！此亦一诗料也。成诗一章：

> 十年十处度初度，颇感劳生未有涯。
> 日月苦随公碌碌，人天容得某栖栖。
> 庄严地岳来何暮，刍狗年华住且佳。
> 一事未成巳中岁，海云凝望转低迷。

二

至加拿大

二月初六凌晨，舟入加拿大属温哥华岛之海口。两岸青山，如送如迎，左英属，右美属，山皆秀丽，灌木如莽。舟行于朝曦融曳之间，颇极快游。

午后一点钟，舟抵域多利，维新会同志李君福基等迎于码头者数十人。停舟十五分钟，即启行。温哥华及二埠之同志叶君恩、刘君章轩、李君佑枢等，亦至域多利相迎。夕间抵温哥华，同人迎于码头者复百余。

全加拿大华人数

英属加拿大凡分七省，其沿太平洋海岸者为布列地士哥伦比亚省。计加拿大全属华人约二万，而哥伦比亚省居十之六七焉。哥伦比亚省之首府曰域多利，其附近大都会曰温哥华，华人俗称咸水埠，曰纽威士绵士打，华人俗称二埠。一切华商、华工皆麇集于此。计全加拿大华人人数大略如下：

域多利　　　　　　　　　五千余

温哥华	四千余
纽威士绵士打	一千
夭寅米	一千
奶么	五百
卡拉布	一千
噶黎	一千
满地罗	二千余
阿图和	二百余
其余散在各市者	约三千余

十余年前 C. P. R. 公司筑大铁路之时，华人来者最众。计全盛时代，殆不下七八万人。铁路成后，需工渐少，今仅有此数。

三

温哥华之繁盛

温哥华市，距今十五年前一林莽耳。自太平洋铁路公司（西名为 Canadian Pacific Railway Co. 省名为 C. P. R. 公司）开大铁路横截大陆以通纽约，凿欧洲交通东方之孔道；又开"中国皇后"、"日本皇后"、"印度皇后"三船，来往于日本及中国；其铁路之车站，轮船之码头，皆以温哥华为终点，故温哥华骤盛。哥仑比亚省本以域多利为首府，今则势力全趋于温哥华矣，地价骤涨至百数十倍。吾华人十五年前来此者，既实繁有徒，从无一人肯买地以牟大利者；虽或西友劝之，亦莫或应。此亦学识不足，不能与西人竞争之明证也。

华人之生计

华人之在加拿大者，生计殊窘蹙，远不逮在美国。其工人之不得职业者十而五六，困苦不可言状。商人恃工人为生，工业衰故商业亦衰。盖商于此间者，皆非有大资本营大事业，不过专办本国日用饮食之物，售诸工以取利耳。故工人来者少，则商店自少，工人困苦，则商利益微。吾所至夏威夷、澳洲各地，皆同一现象，而加拿大为尤甚。

哥仑比亚省之工人，以做沙文鱼为最多。计每年鱼来时，业此者每月可得美金三十元至六七十元不等，然每年惟四月至七月为鱼来时节耳。自余数月，凡业鱼者皆无所得业，束手坐食，故岁入恒不足以自赡也。日本人在此者，亦以鱼为业。然日人则采渔也，华人则制鱼也。采渔，每日每人工价，优于制鱼者数倍。然此地西人，限华人非已入英籍者不得采渔。故虽以此区区之利权，亦不得与他族竞。

制鱼业之外，惟有厨工、洗衣工为大宗。厨工最上者每月可得美金七八十元，最下者十余元耳。洗衣工工价甚微，大约每月美金十余元。满地罗洗衣工最多，以其地为加拿大之最大都会也。其余尚有采矿工伐木工等，然不多。

商业

合观哥仑比亚省之商业（专指华商）：域多利埠凡商店百四十余家，温哥华五十余家，纽威士绵士打二三十家，其数不可谓不盛。然与西人贸易者，不过一二家耳，其余皆恃华工以为养者也。中国杂货店，居十之七八。而域多利埠，则以制贩鸦片为一大宗。盖鸦片入口税轻，易于牟利也，但所牟者亦皆华人之利而已。大半销入美国，近则美国查税极严，故所销岁减。其余则洋服裁缝店有十余家，稍争西人利益于一二而已。

商于此者，以赌博为一专门业，几于无家不赌。以区区之温哥华埠，而番摊馆有二十余家，白鸽票厂有十六七家，他埠亦称是。吾常稽其每月销费之数：每一番摊馆受工者约五六人，每人每礼拜薪工美金六元内外；每馆地一间租钱每月约美金四十元。通计温哥华摊馆每月之支费，约在美金六千元内外，为中国通用银者万二千元矣，每年当销费十五万元矣。白鸽票及其他杂赌之销费亦称是。是每年温哥华一埠之资本，蚀于赌者将三十万。合计哥仑比亚全省，岁蚀至百万矣。所生之利，不足以偿所分，华人生计之日蹙也，固宜。

日本人亦最嗜赌。闻其每年输与华人者，约在美金十六万元云（温哥华一埠）。此亦争外利之一道欤？嘻！

华日小商之比较

日本人之不能商务，尤甚于中国。计日人在此者殆四千人，而无一稍完之商店。吾昔曾至木曜岛（在澳洲之东北隅），见其地有日本人二千而极贫，有中国人不满一百而颇富。诘其由，则此数十中国人即恃彼二千余日本人之贸易以致富者也。而二千日本人中竟不能立一商店，因疑华人商务之天才过于日人远甚，今观此地益信。

虽然，华人商务之天才，只能牟本国人之利，只能牟东方人之利；然与欧美人相遇辄挫败，则有此天才而不知扩充故也。

四

加拿大之限制华工

哥伦比亚省亦有限制华工之例，前此每一人登岸，须纳税金一百元（美金），近则增至五百元，合中国通用银千余元矣。此案自五年以前，已提出于本省议院，久未通过。今年则提出于加拿大之总议院，以四月初一日通过，千九百〇四年正月一日实行。自此以往，吾华工来此地之路又绝矣，一叹！

白人之殖民地，除南亚美利加及南洋海峡群岛以外，几无一不限制华工。其限制之例种种，以余所知者，则：

美国及其属地，皆与中国申明禁约，严定法律，一切劳动者皆不许至（禁约禁例详下编）。

澳洲之鸟修威省徵税金一百镑（华银千元）。

与各地禁例比较

澳洲之域多利省、坤锡兰省，限每船容积五百吨者，则每次许搭华工一名；每五百吨递进一名，不许逾额多载。

澳洲之西澳、南澳两省，限能解英语五十句以上者乃可登陆。

（此一千九百年以前之例也。其时澳洲诸省各自分治，华人在甲省上陆者不许阑入乙省。自千九百年一月澳洲联邦成，六省合而为一，其已登陆者各省许通来往。然此后限制之例益苛，今则虽纳税金亦不许至，虽吨位亦不许容，其苛禁殆更甚于美国矣。）

纽西兰岛徵税金三十镑（华银三百元）。

加拿大徵税金一百元（华银二百元），今增至五百元（华银一千元）。

夏威夷、古巴、菲律宾，昔皆许华工自由。逮隶美后，一从美例。古巴近已独立，若当其政府新易时，解此禁自非难。惜我国政府恬不以为意，今无及矣。

白人待华人之两法

白人之待华人，惟有两法：其一则既居其地者，一切应守之法律与彼民平等，惟限制我不许来；其二则来去任我自由，惟居其地者设特别法律以相待。其第一法用之于白种人多他种人少之地，如美洲、澳洲是也；其第二法用之于白种人少他种人多之地，如南洋群岛、安南、暹罗诸地是也，要之不许与彼平等而已。

吾昔在澳洲，闻吾华工每一人至其地者，率须费七八百金。其船位之价不过百金耳，何以余费之巨至于如是？盖因坤士兰、域多利两省限吨位，每船率仅能载四五人。而欲往者之数，殆十倍之而未已。故必须报名候补，候补或至五六年不得，故竞以多金赂船行之司事。甲以三四百得一位，乙以五六百夺之，丙又以七八百夺之，故遂至以七八百为定价也。其事殆与官场之捐"尽先班"者同矣。寻常西人以三百金得头等船位，而我华人乃以七八百金得三等船位，可叹！

华人之往澳洲者，其目的地率在鸟修威（雪梨市者鸟修威之首府也）。以千金之税不易纳也，故由吨位以过域多利或坤士兰，然后复由彼两省间道以潜入鸟修威境（两省皆鸟修威之邻境），谓之偷过界。偷过界被拿获者，除照征税金百镑外，仍加罚五十镑。无资可罚则下狱一年，狱满仍逐出境。

华工麇至之理由

加拿大属觅工甚难，而华人来此络绎不绝者何也？盖由此偷过界以入美境也。去年一岁上陆于域多利、温哥华两埠者五千余人，其入美境者殆十而六七，他岁称是。

此间华商有专以导人偷过界为业者，每人索贿美金二百余元，其贿则美境之税关及驻温哥华之美领事皆有分润云。故今日华工之改入美境者，亦须华银七八百元乃得达。

谁之过欤

盖来加拿大之税金二百元，入境之贿四五百元，其余船费车费不过百余元耳。以祖国数万里膏腴之地，而使我民无所得食，乃至投如许重金，以饲口于外，以受他族之牛马奴隶，谁之过欤？

五

中国维新会之起点

华人爱国心颇重，海外中国维新会（西名为 Chinese Empire Reform Association）实起点于是。自己亥年此会设立以来，至今蒸蒸日上，温哥华入会者十而六七，域多利则殆过半，纽威士绵士打几无一人不入会者。会中章程整齐，每来复日必演说，每岁三埠合同大叙集一次。近集数万金建总会所于温哥华，俨然一小政府之雏形也。

选举法之试行

今岁会事益有进步，效立宪国选举法，公举总会之副总理一人、监督一人（其大总理既有定员）。域、温、纽三埠，各出候补者二名，先期一月布告其名，届日以匿名投票之法选举之。三埠同时开票，互以电报报某名得票之多寡。当选举期以前，竞争殊剧烈，各候补者到处游说运动，演说其所怀抱之政策，俨然与文明国之政党无异，此诚中国数千年所未有也。他日有著中国政党史者，其必托始于是矣。余到后四日，为总选举之期。定章，凡会员皆有选举权，有权者六千余人，投票之数不过千余，盖风气初开，未知公权之可贵，各国皆如是也。得票最多者为六百七十一票，被选为副总理。明年届选举期，则弃权者之数必少于今年矣。

三月廿六日为维新会总会所兴工建筑之期。西例凡有公家建筑，必请一有声望之人，先置一石，且献祝词，名曰树础之典。诸同志以余适至，因固留数日，使行斯礼。当时中西人士，观者如堵。余置石献祝词后，演说一次，鼓掌之声雷动，此亦中国前此未有之举也。

六

美国总统之演说

在温哥华读西报，见美国总统卢斯福巡行太平洋沿岸，所至演说雄辩滔滔，其言有深足令吾国人猛省者。今录其在屈臣威尔市所演者如下：

（前略）吾国民有不可不熟察者一事，即吾国在太平洋上过去及现在所占之优势及其根原是也。太平洋，洋中之最大者也。而此最大洋，在今世纪中，当为吾美国独一无二之势力范围。虽然，欲就最大之事业者，不可不负最大之责任。凡国民欲增进其幸福与其名誉，不可不先纳其代价。苟不尔者，亦疲苶之国民已耳。呜呼！我同胞！吾信诸君，吾信吾国民，吾深谢彼苍之以此绝好机会畀于二十世纪时代之我同胞也，吾为诸君贺。呜呼！机会不可逸。吾侪今者以吾祖宗遗传活泼进取之精神，对于此问题，吾视吾侪大成功之日，不在远也。

欧洲列国之猜忌

呜呼！何其言之自负乎！而大统领之自负，亦即全国民自负之代表也。此演说之语，飞达欧洲。欧洲各国，奔走相告。各报馆群起而睨之，而德国为尤甚。伯林公报论之曰："美国之怀抱野心以欲盗太平洋，匪伊朝夕。至其明目张胆无忌惮以言之，自此度始。虽然，我欧洲列国，其与太平洋有切密之关系者亦不鲜。卢斯福之佳梦，殆未易遽践也。"其余各报，同时为此等议论者，亦杂沓相接。笑骂之声，殆不可听（据当时美国各报所译载）。

未几，卢斯福至旧金山，更为第二次之太平洋演说，其气焰益高。兹译录如下：

文明中心点之迁移

（前略）余之未亲睹太平洋也，余已为国中主张帝国主义者之一人（拍掌）。及今亲见之，而益信夫欲进吾美于强盛之域，为我子孙百年之大计，舍帝国主义其末由也（拍掌）。在今世纪中，惟能在太平洋上占优胜权者，为能于世界历史上占优胜权。请言其理：人类权力舞台之中心点，自陆而陆，自海而海，恒变动而无已时。以吾辈所记忆，若上古之小亚细亚文明、埃及文明，其与海运关系者虽绝少。洎夫腓尼西亚人勃兴以来，地中海遂为历史之中枢。若喀西士、若希腊、若罗马，皆以其军舰商船，以争产业上军事上之牛耳。繁何故乎？盖国民兴盛之要具，舍此末由耳。彼罗马之霸九州，全在其掌握地中海航权之时代，是其例矣。虽至罗马灭亡之后，其南方海滨为金欧文明之中坚者，犹亘数世纪。地中海之势力，不亦伟耶？彼俾尼士、志挪亚诸市府之发达，即在彼时也。

虽然，权力日渐推移，北方诸国，稍靳然显头角。商船贸易，日以发达。而北海、波罗的海及比斯加湾（按：Biscay 湾，今法兰西与西班牙接壤之海湾也）沿岸诸市日见兴旺；而冒险勇敢之商人，来往于大西洋之欧岸者如织。此奈渣兰半岛（按：班葡两国之总名）诸市发达之原因也。英、荷、班、葡、法诸国，竞张帜于海外，一以博名誉，一以谋大洋上利益之优先权耳。其后遂寻得好望角航路与美洲新大陆，于是大西洋海权，左右世界，其位置与昔时之地中海同。

太平洋时代

今也，以悬崖转石之机，其大运乃直趋入于世界最大之洋。而此最后之大规模，非以文明国民之力，无由开拓之。呜呼！天将以太平洋畀其第一之骄子，今正其时矣。

美在太平洋之扩张

今吾与诸君翻观十九世纪之初，此庞大之太平洋，何物之与有？其与波涛冲激航行稍远者，惟少数之捕鲸船耳。宅于其中之岛屿，与环于其旁之岸原，曾未能一脱泰古原人之情状。其在洋之东，犹有旧式之帆船，稍游弋于中国、日本、印度间。若吾美大陆之西鄙，则依然为红夷之巢穴。眺其海岸，惟时见刳木之舟（按：吾中国古代言刳木为舟，今地球上此种舟尚不少，吾于印度尝试乘之）三点两点，与波上下而已。此岂远而？不过一世纪以前事耳。何图仅及百年，当本世纪之初，其状态之变迁，遽乃若此。其地位之重要，殆有非吾辈拟议所能及者。位于其南之澳洲联邦，既已突兀涌现；日本亦非复昔日之日本，骎骎乎欲与列强争中原鹿；而彼中国者老朽垂死，欧洲列强，共尽势力于东亚大陆；而吾合众国亦以同时扩其版图，若加罅宽尼、若阿利根、若华盛顿（按：三省名也，旧金山即加罅宽尼省最大之市，钵仑即阿利根省最大之市，舍路即华盛顿省最大之市，三市实太平洋东岸之中坚也，吾国人旅于是者甚众），昔也石田，今也天府矣。至如阿拉悉加也（按：太平洋北一岛，距日本四日程耳），夏威夷也（按：即檀香山），菲律宾也，皆次第内隶，为我郡县。海岸线之扩张，驯使吾美一跃而立于太平洋一等国之位置。若吾国民能以精心果力，利用此地理上之优胜乎，吾信其将来以平和之手段，制此莫大之霸权，决非难矣（拍掌）。今者洋底之海电既已告成，洋面之大航船亦已著手，世之论者，至有谓此船为当今船中之王者矣（按：详见别节）。地峡运河之开凿权，其必归于我手，殆又可断言也（拍掌）。（按：彼时巴拿马尚未自立）。而彼运河者，实使我大西、太平两洋之沿岸地忽相联属，其所裨于我商业上海陆军上者，至重且大也。且我国民非好战也，而迫于不得已，使我无端而出于征讨菲律宾之举，不谓之天助焉不得也。我国民乎！我辈苟不愿为劣者弱者，不愿以堕落之历史贻我子孙，则猛进猛进，以实行我所怀抱之壮图，今其时哉（拍掌）！

咄咄逼人

凡欲以大国民自负者，必当思将由何道，使吾国在世界上得占伟大之地位，且持续之。故不进则必退，国家存亡，皆在此点。吾国民万不可以不占此地位，势使然也。而加蟳宽尼省诸君之责任，尤加一层。何也？吾国之国力，将皆由此金门（按：旧金山海口之名）而进也（拍掌）！

太平洋之主人翁

呜呼！我同胞诸君，吾今深庆吾国之得此好机会，吾又深信吾国民之智识、勇气、毅力，视此机会犹高一级焉，此吾所为欢喜无量者也（拍掌）！吾国民其毋曰：吾从事于此大业与否，吾将择焉。何也？人各有天职；天职者，天所命也，吾能辞乎（拍掌）！若犹欲超然于世界活剧之外，而袖手旁观焉，非惟不可，抑亦不能矣。今后之美国将大成功乎？将大失败乎？其机皆决于今日。故夫小国之国民，在世界之舞台执小役，斯可也。何也？物理则然也。苟以大国民而执小役者，吾以为不如死之为愈矣（拍掌）。（下略）

我国民其猛省

吾在报中，见卢斯福此演说文之后，吾怵怵焉累日，三复之不能去焉。夫其曰"执世界舞台之大役"，曰"实行我怀抱之壮图"，其"大役"、"壮图"之目的何在乎？愿我国民思之。

此虽卢斯福一人之言，实美国之公言也。自德国报纸之冷嘲热骂，频数相加也，美国报纸与之舌战者，全国嚣然焉。

世界大势日集中于太平洋，此稍知时局者所能道也。世界大势何以日集中于太平洋？曰：以世界大势日集中于中国故。此又稍知时局者所能道也。若是乎，其地位可以利用此太平洋，以左右世界者，宜莫如中国。中国不能自为太平洋之主人翁，而拱手以让他人，吾又安忍言太平洋哉？虽然，吾之所不忍言者，又宁止一太平洋哉？

七

世界第二之长铁路

四月三日，由温哥华首途，乘汽车往纽约，即C. P. R.公司之铁路也。此铁路横贯美洲大陆，长三千余英里，实中国万里矣。当俄国西伯利亚铁路未成以前，此路实世界第一之长线（美国铁路，虽贯大陆者数线，然非全成于一公司之手）。当初议建筑时，资本家多目笑之。募股份，应者寥寥，谓其工程之断难就也，今则利数十倍矣。加拿大联邦之巩固，实自此铁路始。铁路与国政群治之关系，伟矣夫！

行经落机大山而东，层峰积雪者千余里。汽车所经行最高点，距海平殆三千尺。以机器车三座推挽，始得上。沿山螺旋，蜿蜒而进。一目见三铁路，若作平行线形，亦一壮观也。车中有感，口占一绝：

四月犹为踏雪游，光明世界入双眸。

山灵知为谁辛苦，如此华年也白头。

加拿大首都阿图和

行五日抵阿图和。阿图和为加拿大首都，总政府在焉。加拿大之政体，与澳洲略同。名虽英属，实则一独立国也。七省各自有政府，各自有议院，复合为一联邦，有联邦之总政府，有联邦之总议院，其性质亦皆大类美国。

加美不合并之理由　并吞加拿大之论

加拿大与美国，万里接壤，仅地图上以一直线为界。其历史上发达相类，其现行政体相类，顾何以百余年来不合并于美，此实一疑问也。考其历史，当独立战争时，美军侵入加拿大者亦数次，然其时美国以十三省起义，只求完十三省之自由独立而已，他犹非力所能及也。而加拿大东部之殖民（其时西部全未开辟，加拿大美国皆然），法国人最占势力（至今犹然）。美国之倡独立者，皆前此清教徒之子孙；其信仰其习惯，皆与加拿大东部之民不相容，故彼时不能合并，此其理由一。千八百十二年，英美海战开。彼时美人并吞加拿大之志始萌芽，然战端不久即熄，且美国国力未充，犹未以外竞进取为国是。至千八百二十三年，门罗为总统时，宣告亚美利加与欧罗巴之关系，即今日美国人所奉为金科玉律之"门罗主义"是也。其宣言中有云："欧罗巴诸国现在之属国及殖民地在美洲者，美国决不干涉之，且将来亦不干涉之"云云。此门罗主义，在今日固一变为进取的，而在十年以前则一向皆为保守的也。以此之故，苟加拿大非有自谋叛英之举，则美国势不得强迫之：此其理由二。英政府自美国独立以后，其对殖民地之政策一变，舍干涉主义而取放任主义。加拿大无论属英，无论合美，其所得政治上自由之权利等耳，而何必为此一举？此其理由三。迨南北战争以后，全美国人狂热于战事，倡并吞加拿大之论者，一时沸腾。然老练之政治家，见夫经营南部诸省，已经尔许窘难，深察夫国群之离合，由历史上自然发达，不能强求。故持重之论胜，而并吞之论卒不敌：此其理由四。自兹以往，而英美两国之感情日加亲密，同种同文相友相助之义，深入于两国民之脑中。苟从事并吞，势不得不诉于兵力，而两国民皆有所不欲：此其理由五。自 C. P. R. 公司横贯大陆之铁路既成，加拿大联邦之力日以巩固，且大西洋海运日盛一日，故其与母国之关系，亦日亲一日。至于今日，美国虽锐意实行帝国主义，而加拿大之势力，亦已不可侮：此其理由六。吾研究此问题，欲以兹六者解释之。其犹有未尽欤，则非吾游客皮相之所能道也。

加与拉美诸国比较

位于美国之北者为加拿大，位于其南者为中美、南美诸国。以名义论，则加拿大者，君主国之一附庸也；中南美诸国者，则独立之共和民主国也。以实际论，则加拿大人所获之自由、所享之幸福，以视中南美诸国何如？使加拿大非以宏毅慎重之条顿人种为其中心点，而一任彼轻儇浮傲无经验之拉丁人种主持之（加拿大东部，拉丁人种居其半，条顿及他人种居其半），妄为无谋之革命独立，则其现象或竟与今之秘鲁、巴西同，未可知也。天下事有与名实不相属者，此类是矣。

世界第一之国会堂

阿图和国会议堂，其结构之美丽，在世界诸国会中，号称第一。余至此得保守党领袖褒尔君之介绍遍游之，诚壮观也。全厦以红白大理石相间构造，居中一最大座，为上下议院，左右两座，其大稍逊，为行政各部官公署，亦可见英人之视立法重于行政也。堂中于上下议院之外，复有实业会议所、藏书楼、书记房、议员治事室、议员休憩室等，俱极壮丽。堂中一高塔，凡拾五百余级，始达绝顶，全市皆历历在目矣。其中最伟观者为藏书楼，楼为一圆形，凡六层，藏书三十一万册，在堂下一望，可以尽见之。

满地可一瞥

初十日，抵满地可。满地可者，加拿大最大之都会也。人口约四十余万，工商业大盛，视西部各市，过之远矣。其中法国之移民强半，市内除最旺之一隅外，多有以英语不能通行者。吾未尝至法国，观此亦可以见法人社会之一斑焉。

凡在阿图和二日，在满地可五日。其地素未有中国维新会，至是始设，人心大好，会所咄嗟成立焉。

由加拿大至纽约

八

纽约之欢迎

四月十六日，由满地可抵纽约，以午后九点钟至。维新会同人迎于车站者数百，华人市皆罢工，观者如堵。余直至华人戏院，演说片刻，表谢意。座中西人亦多，并以英语谢其欢迎。

居纽约凡两月余，其间由纽约而适波士顿，而适华盛顿，而适哈佛，而适费尔特费，而皆复返于纽约。实居纽约者不过一月，其间接见邦人，接见报馆访事，演说，赴宴，费时日十之八九，殆无余暑以及游览调查之事。所观察草草殊甚，仅以夜间借字典及舌人之助，一阅报纸，或访问于其市民。

欲以评论此世界第一都会，所谓隔靴搔痒也。姑就所触，随记一二。

纽约当美国独立时，人口不过二万余（其时美国中一万人以上之都市仅五处耳）。迨十九世纪之中叶，骤进至七十余万。至今二十世纪之初，更骤进至三百五十余万，为全世界中第二之大都会（英国伦敦第一）。以此增进速率之比例，不及十年，必驾伦敦而上之，此又普天下所同信也。今欲语其庞大其壮丽其繁盛，则目眩于视察，耳疲于听闻，口吃于演述，手穷于摹写，吾亦不知从何处说起。

纯粹之生产机关

斯宾塞言："野蛮时代，以生产机关为武备机关之供给物；文明时代，以武备机关为生产机关之保障物。"十九世纪以来，欧美各国，殆皆日趋重于生产一事，而美国又其尤著者也。考现在各国都市之趋势，皆由政治上之结集，一变为生计上之结集。故古代希腊之雅典、斯巴达等市，大率为政治上兵事上奠安防御而设。及中世著名之意大利市府，亦为政权发达之地。凡市之以政治而结集者，虽极繁盛，而总有所限量。至于以都市为生产机关之总汇，则其发达之速率，有不可思议者。现世之大市，莫不皆然。而纽约则尤为纯粹之生产机关，而无所搀杂者也。

若伦敦、若柏林、若巴黎、若维也纳、若罗马，皆当今第一等都会也。一国中政治之中心点在是，商业之中心点在是，乃至文学美术之中心点，莫不在是。独纽约不然，惟为商业之中心点而已。虽然，商业者，位于美国凡百事物之第一位者也。故观美国之菁英，于纽约焉可也。且纽约不徒为美国商业之中心点而已，又实为全世界商业之中心点。然则观二十世纪全世界生存竞争之活剧，亦于纽约焉可也。

九

纽约市于前世纪与今世纪之交产一怪物焉，曰"托辣斯"。此怪物者，产于纽约，而其势力及于全美国，且骎骎乎及于全世界。质而言之，则此怪物者，其势力远驾亚历山大大帝、拿破仑第一而上之者也，二十世纪全世界唯一之主权也。吾欲考求其真相也有年，今至纽约而始得此机。

怪物托辣斯

托辣斯者，原文为 Trust，译言信也。其用之为一特别名词者，自一八八二年，而大盛于最近之五年中。托辣斯者何？以数公司乃至数十公司之股份之全数或过半数，委托之于所谓"托辣斯梯" Trusty 者（即可信之人之意）；而此"托辣斯梯"（或一人或数十）发回一证券于股东。自此以后，此托辣斯梯有全权管理各公司之营业，或分析，或合并，或扩充，悉听其指挥，而以所得利益分配于股东。托辣斯者，以政治上之现象譬之，则犹自各省并立而进为合众联邦也，自地方分治而进为中央集权也；质而言之，则由个人主义而变为统一主义，由自由主义而变为专制主义也。

托辣斯之滥觞，起于一八八二年之煤油托辣斯，即世所称煤油大王洛奇佛儿之所手创也。尔后一八八三年，绵油托辣斯成。一八八六年，蒸饼托辣斯成。一八八七年，制糖托辣斯成。其利益昭昭，耸动一世耳目。自兹以往，举国皆狂热于托辣斯。及于今日，而美国全国之资本，其在各托辣斯之支配下者殆十而八。夫美国者，今世界第一之资本国也。美国资本，殆占世界全部资本之半。然则现今世界资本总额之小半数，全归于此最少数之托辣斯梯诸人之手中也。嘻！岂不异哉，岂不伟哉！

资本归少数人掌握

今欲语托辣斯之盛况，特将纽约《四季丛报》所列最近五年托辣斯之资本表，译录如下：

1899 年 1 月以后设立之托辣斯资本表

（附注）其资本一千万元以下者原文不录

托辣斯名	设立年	资本额（美金）
联合制铜公司^{（附注）以公司代托辣斯名下同}	1899 年	155,000,000 元
美国农业联合公司	1899 年	33,600,000 元
美国蔗糖公司	1899 年	20,000,000 元
美国自由车公司	1899 年	36,496,400 元
美国黄铜公司	1900 年	10,000,000 元
合众国制罐公司	1901 年	82,466,600 元
合众国制车公司	1899 年	60,000,000 元
亚美利加制雪茄烟公司	1901 年	10,000,000 元
亚美利加草丝公司	1899 年	13,083,000 元
亚美利加制革公司	1899 年	33,025,000 元
美国制冰公司	1899 年	41,705,000 元
美国制网公司	1899 年	20,000,000 元
国民制造饼干公司	1901 年	12,127,000 元

美国机关车（即火车头）公司	1901 年	50,412,500 元
美国机械公司	1902 年	10,000,009 元
美国装填公司	1902 年	20,000,000 元
美国农器公司	1901 年	75,000,000 元
美国汽车装饰公司	1899 年	22,000,000 元
美国水喉公司	1900 年	10,295,700 元
美国造船公司	1899 年	15,500,000 元
美国铸熔及精制公司	1899 年	100,000,000 元
美国鼻烟原料公司	1900 年	23,001,000 元
美国钢铁制物公司	1902 年	30,000,000 元
美国窗牖玻璃公司	1899 年	17,000,000 元
美国羊毛公司	1899 年	49,796,100 元
美国笺纸公司	1899 年	39,000,000 元
美国贩卖商联合公司	1901 年	15,000,000 元
大西洋树胶鞋公司	1901 年	10,000,000 元
牛奶业联合公司	1899 年	20,000,000 元
中央铸造公司	1899 年	18,000,000 元
芝加高气学器具公司	1902 年	10,000,000 元
殖民地木料及箱篓公司	1902 年	15,000,000 元
室内御寒御署器具公司	1901 年	17,000,000 元
联合烟卷公司	1901 年	262,689,000 元
五谷属类生产物公司	1902 年	80,009,000 元
美国水锅钢铁公司	1900 年	50,000,000 元

东方铁器公司	1901 年	19,773,100 元
亚美利加电气公司	1899 年	20,368,400 元
电车公司	1899 年	18,475,000 元
佛耶门煤炭公司	1901 年	18,000,000 元
垦辟公司	1899 年	16,821,500 元
哈比逊倭加熔化公司	1902 年	25,750,000 元
万国收获公司	1902 年	120,000,000 元
万国制盐公司	1901 年	33,000,000 元
万国制造蒸气筒公司	1899 年	31,150,000 元
约翰郎格灵制钢公司	1902 年	30,000,000 元
煤炭及煤气公司	1899 年	39,470,000 元
国民制造火柴公司	1900 年	55,563,000 元
国民炭气公司	1899 年	10,000,000 元
国民化药及制造模型公司	1899 年	23,838,400 元
国民防火公司	1899 年	12,500,000 元
国民精炼白糖公司	1900 年	20,000,000 元
纽英伦纺绩公司	1899 年	15,577,000 元
纽约船渠公司	1901 年	28,580,000 元
太平洋铁器公司	1902 年	10,000,000 元
滨夕温尼亚省制网公司	1901 年	34,250,000 元
必珠卜酿酒公司	1899 年	26,000,600 元
必珠卜煤炭公司	1899 年	59,731,000 元
农家压榨器公司	1899 年	10,000,000 元

钢铁车公司	1899 年	30,000,000 元
活版字制造公司	1901 年	11,500,000 元
铁路用钢条公司	1902 年	20,000,000 元
共和国制铁公司	1899 年	48,204,000 元
帝国油漆用器公司	1899 年	20,000,000 元
树胶用物制造公司	1899 年	26,410,015 元
士洛士佛得制钢公司	1899 年	18,200,000 元
士丹特制造公司	1900 年	17,250,000 元
联合轮船公司（大西洋）	1902 年	170,000,000 元
联合制纸及制袋公司	1899 年	27,000,000 元
制筐及制纸公司	1902 年	30,000,000 元
制铜公司	1902 年	50,000,000 元
全国果品联合公司	1899 年	15,369,500 元
制靴机器联合公司	1899 年	22,656,000 元
合众国煤炭、铁管及铸熔公司	1899 年	25,000,000 元
合众国棉纱公司	1901 年	13,100,000 元
合众国建筑公司	1902 年	66,000,000 元
合众国精制公司	1901 年	12,808,300 元
合众国造船公司	1902 年	71,000,000 元
合众国钢铁大联合公司	1902 年	1,389,339,956 元
世界烟草公司	1901 年	10,000,000 元
华冶尼阿煤铁公司	1899 年	18,970,000 元
合计		4,318,005,646 元

四十三万万之资本

以上所列，除铁路托辣斯及一八九八年以前所立之托辣斯未计外，其资本总额已四十三万万零一千八百万有奇。以现在中国银价之比例，实当上海、香港通用银九十万万元有奇。计美国现在通用货币之数，二十五万万有奇；而钢铁托辣斯以一公司之资本而居其半额，其气象之伟大，真不可思议，不可思议！

考托辣斯之所由起，原为防自由竞争生产过度之病，实应于今日时势，不得不然也。而其流弊亦自不少，今刺取各家言其利害者而平论之。

托辣斯之利：

（一）可以利用最新最大最敏之机器而尽其所长，所用资本、劳力视前此为少，而所产物品视前此为多。

（二）资本既合并，则需用原料多；需用多，则其购之也较廉，原料价廉，则制出之物其价亦随而廉。

（三）以工场伙多之故，可以实行分业之学理，使日趋精密，则佣工各尽其长，成物良而速。

（四）以资本多之故，能有余力以利用废物，造出种种附属副产物，使无弃材，而正产物之价亦得更廉。

（五）以全国本业皆合同故，能节制生产，毋使有羡不足；因以免物价之涨落无定，而资本家无时常倒闭之患，劳力者亦不至被牵涉而失其业。

（六）能经营附属事业，扩张外国贩路。

（七）能淘汰冗员，节减薪费。

（八）凡一切竞争之冗费，如告白费、运动费等，皆可以节省。

（九）以其工场遍于全国故，可以节省运送费，使本公司与贩卖人皆食其利。

（十）以制品多故，能随时立应买客之求，使生计界之信用日坚实。

（十一）以资本雄大故，不假借贷，无畏外界市场之恐慌；即有借贷，其息亦廉。

（十二）可以交换智识，奖励技术，为全社会之利益。

托辣斯之弊：

（一）以全权委诸一二人之专制，苟不得其人，则全局失败。

（二）以规模太大故，统一之监督之大非易易。

（三）独占一业，莫与之竞，则生产技术之改良进步将中止。

（四）淘汰多数之工场，采用省力之机器，许多劳佣因以失业。

（五）以垄断利益故，有相竞争者以种种手段摧灭之，使小资本家不能自存。

（六）以独占之故，强以廉价勒买原料品，使生产家蒙其害，强以高价售出制造品，使消费家蒙其害。

（七）以独占之故，所制产之物，虽日杂粗窳以欺市众，而莫敢谁何。

（八）滥用保护关税之权利，其制造品售出外国，价或更廉，售于本国者反更贵。

（九）以独占之故，劳力家舍彼处别无饷口之途，因得任意克减工价，延长作工时刻。

（十）其资本估价，多报浮数，号称百万者，其实不过五十万或二、三十万，一有失败，则其托辣斯证券搅乱市场。

美国现今最大问题

以上所陈，左右袒两说之大略在是矣。要之最近十年间，美国全国之最大问题，无过托辣斯。政府之所焦虑，学者之所讨论，民间各团体之所哗嚣调查，新闻纸之所研究争辩，举全国八千万人之视线，无不集于此一点。故欲知美国之国情，必于托辣斯，欲知世界之大势，必于托辣斯。

托辣斯之初出也，全国视为怪物，视为妖魔。政府务所以摧抑扫除之，殆与现时中国政府之谋摧锄新党者无以异。故自一八八九年至一八九九年，凡二十八省之政府，发布法律，以禁止托辣斯，华盛顿政府亦随之。然卒不可禁，民间之组织托辣斯者，易其名而用其实，而发达且日盛一日。至千九百年以后，举国舆论，幡然一变。知此物之发生，由于天演理势，相迫使然，愈遏之则其势愈盛，而弊亦愈深。于是禁遏之政策，一变为补救之政策；而托辣斯之机体，乃今渐确立矣。

关于托辣斯之书籍

今举一八九七年以后之出版书籍及文件，其关于托辣斯问题最详博确实而有力者，列数种如下：

（甲）政府调查报告书及托辣斯会议议事录

（1）美国上下议院联合调查托辣斯会之报告书（1897 年）

（2）芝加高及圣路易之托辣斯调查会议事录

（1899 年）

（3）美国调查工业委员会之报告书，及美国保工局报告书（1900 年）

（4）芝加高反对托辣斯会议之报告书（同上）

（5）美国生计学会总会演说集（同上）

（乙）民间之著述

（1）以托辣斯为适应于现今生计界，实天演使然，无可逃避，而因详论其起原利益流弊，及谋所以补救之法者：

Jenks：The Trust Problem

Harpers：Restraint of Trade

Collier：Trusts

Halle：Trusts and Industrial Combination in United States

（2）攻击托辣斯者：

Ely：Monopolies and Trusts

Clark：Trusts

（3）颂扬托辣斯，谓其功德巍巍，为全社会各阶级人之利益者：

Gunton：Trusts and the Public

受害最剧必在中国

要之托辣斯实二十世纪之骄儿，必非以人力所能摧沮，此今世稍有识者所同知也。自今以往，且由国内托辣斯进为国际托辣斯，而受害最剧者，必在我中国。然则我辈不能以对岸火灾视此问题也明矣。至其起原、其利害、其影响，及吾国今后对之之策，吾将别著论论之。

十

美国亚细亚协会

廿六日，赴亚细亚协会之宴。座中美国人二十三，日本人二，中国人并余而六。其美国人，类皆纽约市中实业家之有力者也。此会之目的，全在生计上，于政治上毫无关系。然东方稍知名之人至者，必飨宴焉。前公使伍，现公使梁，皆尝到演说。宴梁后半月而余至。席间总干事赫钦士先起演说，极言美国无利中国土地之意，惟愿保和平，兴商务。余亦照例述感谢之词，并言中国若不得良政府，则世界之平和，终不可得望。列强狃于现政府一日之安，欲在此乱机满地之市场殖其产业，非预备数倍之保险费不可。或又欲利用现政府之昏弱，而因以攫特别之权利，吾信其将来之或失，必不偿现在之所得云云。余约演四十五分之久，此后继演者尚十数人，率皆照例附和余言。

美英工业进步比较　英国牛耳已为美夺

次日访赫钦士于其家，赫氏复极言中国之平和扰乱，其影响于美国者甚大。即如拳匪之变，美国南方业棉花者，已倒闭三之一，失业之劳佣数千云云。余时读新闻纸，见英国殖民大臣张伯伦所演说，谓英国工业品（即物之已经制造者）输出额，每人平均二十五元六角（美金）；美国工业品输出额，每人平均仅五元一角，足证美国犹未脱农产时代，其工业实未足与英颉颃云云。余惑其说，因以叩赫氏。赫氏曰：不然。美国人工业发达之实力，实已在英国之上。不过其所产工业品，大半销于本国。仅据出口之额以为比较，非笃论也。且美国非不能推广其工业品于海外，实缘本国人消费力甚大，现在尚无余裕以输于外耳。欲实知两国工业进步之比较，必须合其工产之全额计之。因捡出英人玛尔荷（按玛氏近世统计学最著名之大家也）所著《民富论》一书，举其统计相示。则当一八六〇年，英国所产工业品之全额，每人平均九十五元；其年美国所产工业品之全额，每人平均不过五十九元。迨一八九四年，形势已一变，英国每人平均增至百一十元，美国每人平均增至百四十元；相去仅三十四年间耳，而其位置之改易如此。赫氏又言玛氏之统计，为万国所共信者也，且出诸英人之口，而其言如此。又言玛氏书刊于一八九五年，于近数年之统计未及详。而此数年间美国之进步，更有不可思议者。千九百年，吾美工业品之全额，实一百三十万万零三千九百二十七万九千五百六十六元（美金），以现在人口计之，每人平均百七十一元有奇。其年英国工业品全额，不过五十万万内外，每人平均百二十元耳。若夫以出口额计之，而美反劣于英者，则英国之工业品以百分之二十五输出海外，而美国则仅以百分之四输出耳，此其所以迳庭也，云云。其言确凿，至可信据。

竞争舞台日益东渐

昔欧洲人口产业发达之故，不得不求尾闾于海外。新大陆之开辟，其原因殆皆在于是。今则新大陆者，已无复隙地可容欧洲产业之渗入。不宁惟是，且更皇皇然自求其尾闾。此竞争之舞台，所以日东渐也。

十一

余游美，无一事为美人忧为美人恐者。虽然，有一焉，则欧洲及其他各地之民族，日输入于美国，而为其国民是也。试将去年及今年之统计，列其移民比较表如下：（此表据西历十二月在旧金山所购美国今年统计书）

国名	一九〇二年	一九〇三年	增加数
奥大利匈牙利	171,989	206,011	34,022
比利时	2,577	3,450	873
丹麦	5,660	7,158	1,498
法兰西	3,117	5,578	2,461
德意志	28,304	40,086	11,782
希腊	8,104	14,090	5,986
意大利	178,376	230,622	52,247
奈渣兰	2,284	3,998	1,714
那威	17,484	24,461	6,977
葡萄牙	5,307	9,317	4,010
罗马尼亚	7,196	9,310	2,114

俄国及芬兰	107,347	136,093	28,746
塞尔维亚及布加利亚	851	1,761	910
西班牙	975	2,080	1,105
瑞典	30,894	46,028	15,134
瑞士	2,344	3,983	1,639
欧洲土耳其	187	1,529	1,342
英伦	13,575	26,219	12,644
爱尔兰	29,138	35,310	6,172
苏格兰	2,560	6,143	3,583
威尔斯	763	1,275	512
中国	1,649	2,209	560
日本	14,270	19,968	5,698
亚细亚土耳其	6,223	7,118	895
澳洲及纽西仑	384	1,150	766
英属加拿大	636	1,058	422,
南亚美利加	337	589	252
西印度诸岛	4,711	8,170	3,459

（附注）上表所列，连美国属地在内，即如中国条下，包含往檀香山及菲律宾者。日本条下，则往檀香山者居大半也。然惟此两国为然耳。自余诸国人，皆往美国本境。其往属地者，不及百之一也。

更举最近二十五年间移民之统计，则：

1903 年	857,046 人	1890 年	455,302 人
1902 年	648,743 人	1889 年	444,427 人
1901 年	487,918 人	1888 年	546,889 人
1900 年	448,572 人	1887 年	490,109 人
1899 年	311,715 人	1886 年	334,203 人
1898 年	229,299 人	1885 年	396,346 人
1897 年	230,832 人	1884 年	518,592 人
1896 年	343,267 人	1883 年	603,322 人
1895 年	279,948 人	1882 年	788,992 人
1894 年	314,467 人	1881 年	669,431 人
1893 年	502,913 人	1880 年	457,257 人
1892 年	623,084 人	1879 年	177,826 人
1891 年	560,319 人	1878 年	138,469 人

（附注）上表所列，以今年（即 1903 年）为最高额，而 1882 年次之，去年（即 1902 年）及 1881 年 1892 年复次之。1885 年何以锐减？则初禁华工之结果也。1894 年以后何以复锐减？则再禁华工之结果也。由此观之，知前二十年移民之数，中国人占一大部分也。至近一两年之增加，则全属欧洲人矣。观前表自明。

意奥俄最盛　利乎？害乎？

由此观之，仅以二十五年间，而外国人之入美者，总数凡一千一百八十余万，居美国人口七分之一有奇矣。而其势且滔滔横流，未知所届。稽其国别，则意大利人及奥匈人最多，在昨年各十七万余，在今年各二十万余，居全数之半。次则俄罗斯人，去年十万余，今年十三万余。合三国计之，几居全数三之二。稽其种别，则拉丁民族居八分之三有奇，斯拉夫民族居八分之二有奇，其余东方民族及难晰别之民族居八分之二有奇，而条顿民族则仅八分之一也。且其国别种别之递嬗，愈近而愈变。当十年前，即一八九三年，德国人之来者七万八千余人，去年则减至二万八千余人。十年前，爱尔兰人之来者四万三千余人，去年则减至二万九千余人。若意大利，则十年前来者仅七万二千余耳，而去年乃增至十七万，今年乃增至二十三万。此实北欧移住者日以少，南欧移住者日以多之明证也。若是者为美国之利乎？将为美国之害乎？吾不能无疑。

条顿民族衰退消息

美国当千八百年，只有五百三十万人。至千九百年，骤增至七千六百三十五万人。百年之间，增十五倍。何以得此？曰惟受海外移民之赐。美国前此以欢迎移民为国是也，无足怪者。虽然，以今日大势所趋，恐数十年以后，美国将不为条顿人之国土，而变为拉丁人及他种人之国土。此其机不徒在移民之突进而已，其原住之旧民，婚姻愈迟而产子愈少，其入籍之新民，婚姻愈早而产子愈多。苟率此不变，吾恐不及百年，而前此殖民时代独立时代民族之苗裔将屏息于一隅矣。吾所以代美国抱杞忧者，莫亟于是。而美之政论家，若瞬然不以为意焉，是则下走所不解也。

美国人以平等博爱之理想自夸耀者也，故其对于他民族，妒嫉之念颇淡（除中国民族不计），是其可敬佩者也。但以吾观之，美国立国之元气何在？亦曰条顿民族之特质而已。使政治上社会上种种权利，全移于条顿以外诸民族之手，则美国犹能为今日之美国乎？吾所不敢知也。昔北欧蛮族南下，而罗马之文物以亡。自今以往，美国若有溃虞，其必自此焉矣。

同化力不足恃

美国自恃其同化力之强，谓能吸集种种异族，使从同于美，故虽庞杂不为害，斯固然也。虽然，吾见其同化力之速率，不能与外加骤进之力相应也。昔日本人谓中国人最不肯同化，无论至何地，必自成所谓支那村、支那町者。今吾观于美，则岂惟中国人而已。即纽约市中，若者为意大利村、意大利町，若者为犹太村、犹太町，若者为俄罗斯村、俄罗斯町，虽以吾辈初旅行者，犹一望而知其区别。然则所谓同化力者，其亦仅矣，其亦缓矣。

以吾所见，则外来之民，其影响于美国之道德上政治上者甚多。

道德上之影响

其道德上之影响奈何？外来之民，固非无大学问家、大政治家、大宗教家，足为美国前途之光者。虽然，不过百中之一二耳。若其大多数，非无智无学之农民，则荡检败行之丑类也。或其生计不能自存于本国，或其性行不能见容于本国，乃不得已而以新大陆为逋逃薮。据伦敦移民会报告书云，每岁由爱尔兰移住美国者，其百分之七十四，为罪满出狱之囚徒。观于此，不能不为美人瞿然惊也。失业无赖之人麇集既众，于是酗酒、奸淫、杀人，盗窃诸恶风，日浸淫于美国，终非宗教之制裁所能范围。据千九百年统计，纽英仑四省之人口，其外来者居百分之四十，而犯罪之人数，外来者居百分之七十五，可以见其概矣。其他虽不悖于法律，而有害于风俗者尚多。据千九百年统计，则美国卖酒业中百分之六十三，酿酒业中百分之七十五，饮食店中百分之七十七，皆为外来移民之所营业云。其于道德上之影响，必不少矣。

政治上之影响

其政治上之影响奈何？

（一）外来者多酗酒，故务求所以利酒业。当投票选举时，至生出所谓"酒家票"者，驯至为政治上一势力。近世有"禁酒会选举团"，亦因防此弊而起也。

（二）外来者多好淫，故摩门教利用之（摩门教起于美国中部，以一夫多妻为教义）。当选举时，生出所谓"摩门派投票"者，为政治上一势力。

（三）外来者之大多数属天主教，故天主教投票，为政治上一势力。

（四）外来者多持偏激之社会主义，故社会党投票，为政治上一势力。

（五）外来者多麇集于大都会，致使市政种种腐败，危及地方自治之基础。

（六）外来者多不能同化于美国，各自用其国语，沿其国俗，于合众国政治上，别为一团。若德意志人、意大利人、爱尔兰人，其最甚也。故有所谓德意志投票、意大利投票、爱尔兰投票者，各为一特别之势力，牢不可破。每当选举时，其妨害公安公益者实甚。

（七）外来者以无智无学无德之故，实不能享有共和国民之资格。以一国主权，授诸此辈之手，或驯至堕落暴民政治，而国本以危。

中国移民影响甚微

由是观之，则外来移民，其关系于美国前途者，辽乎远哉。然此等种种恶影响，惟自欧洲来者实尸其咎，而自中国来者盖甚稀焉。中国人之病美国者，不过劳佣价廉，与彼之下工相竞耳。而所竞者，又仅在太平洋岸之一小部分，而非若彼等之蔓延及于全国也。然则为美国计，中国移民不过疥癣之患，而欧洲移民实心腹之忧也。乃彼中政治家，顾厄我而骄彼者何哉？彼有选举权而我无之耳。美国政治家他无所惧，而最惧工党；盖一失工党之欢，而位遂不可保也。准是以谈，则美国人对于此问题之理由，可以见矣。夫孰不知其为国家将来一大患，其奈国中选举票之半数，皆已在外来新入籍者之手，一倡异议，则万戈向之。彼十年前，固尝有议禁意大利人者矣，乃不旋踵而噤若寒蝉焉，则国中有二百余万意大利人之投票以盾其后也。使我华人在美者而有此权也，今此下民，或敢侮予？噫！

虽然，以媚众取宠之故，而置最大问题于不顾，则与专制国讳言朝廷阙失者何择焉？此亦共和政体一大缺点也欤？

十二

犹太人之大势力

美国外来移住民之中，其势力最大者，则犹太人也。闻美国之银行业，犹太人居十之三四；其银行职员，犹太人居十之五六云。

布埒委街者，纽约第一大街也，大商店凡数千家，属于犹太人者十而六七，吾中国则仅一家而已。

纽约市政之权，一惟犹太人所左右，他无足与抗者。其他大市，亦大率类是。

犹太人之团结力

犹太人何以能若是？则以其团结力之大，为他种人所莫能及也。闻之彼族有一公会，其组织规制甚秘密，外人莫得闻。凡一犹太人来美国者，公会量其才而贷以资本，使营商业。获利则税其若干，以复于公会；折阅则再贷之，复折阅则三贷之；贷之三而犹不能自立，乃不复矣。此所以相扶相导，而全世界之商业，日入彼掌握也。故纽约市中二十余万之犹太人，其从事于下等劳动职业者甚希，而小商店营业不计其数。

余初到纽约时，适遇俄罗斯杀掠犹太人事件。纽约各报，日攻击之，描写其惨状，不遗余力。其实此次被杀伤者，合计不满四百人。以视拳匪之役，俄人在黑龙江畔，一日而杀华人七千，其相去亦远矣。而全球报纸，其肯为我实力讼冤者有几耶？彼曷为尔尔，则以纽约者犹太人之纽约也；动纽约则动全美国，动美国则动全世界；而俄人虐杀事件，遂招天下公愤。于此见中国人之生命，贱于犹太人远矣。此役也，纽约市捐救济金千余万，全美国合捐二千余万，纽约之华人亦有助者。闻美国犹太公会，建议欲尽迎旅俄之同胞至新大陆云。

犹太之名士

近世犹太人最有名者，如英国前大宰相侯爵的士黎里，为保守党魁，与格兰斯顿争政权数十年，其最著也。既今纽约市中，若西士弗氏，为纽约财界之雄，每年捐助教育事业，常在万金以上。若士特拉夫氏，两任土耳其公使，为美国第一等外交家。若立温德列氏，现任纽约高等法院长，为法律名家。其余类此者，不可枚举。纽约《每月丛报》，尝汇举现世界重要人物属于犹太族者，凡四十八人（各国皆有），揭其小传，及其肖像。

呜呼！以数千年久亡之国，而犹能岿然团成一族，以立于世界上，且占其一部分之大势力焉，则其民族之特色之实力，必有甚强者矣。不然，彼巴比伦人、腓尼西亚人，今何在也？即希腊人、罗马人，其今昔之感，又复何如也？吾中国今犹号称有国也，而试问一出国门，外人之所以相待者，视犹太为何如？而我国人之日相轧轹相残杀，同舟而胡越，阖室而戈矛者，视今之犹太人，又何其相反耶？吾党犹嚣嚣然曰：中国将为犹太将为犹太。呜呼！其亦不惭也已矣。

犹太人之恶德

犹太人之趋利若骛，视钱如命，诈伪贪鄙，此尽人所同知也。故西国通用语，呼人之贪吝谲诈者曰'周'；周者，犹太字之原音也。吾尝论犹太人对于本族有道德，对于本族以外无道德。虽然，凡道德者皆爱其类利其群之谓耳，又岂独犹太哉！

犹太人之不洁，与中国相类。纽约唐人街与犹太街接壤，其秽湫不相上下。

十三

旅行之感情

从内地来者，至香港、上海，眼界辄一变，内地陋矣，不足道矣。至日本，眼界又一变，香港、上海陋矣，不足道矣。渡海至太平洋沿岸，眼界又一变，日本陋矣，不足道矣。更横大陆至美国东方，眼界又一变，太平洋沿岸诸都会陋矣，不足道矣。此殆凡游历者所同知也。至纽约，观止也未？

吾闻日本游历家皆曰，先至美国，后至欧洲者，无不惊欧洲之局促顽旧；先至欧洲，后至美国者，无不惊美国之嚣尘杂乱。吾未至欧洲，吾不能言之。

吾在纽约无余日以从事游览，若政治上、生计上、社会上种种观察，百不得一，固不待论；即风景亦所见绝稀，吾深负纽约也。初到时，有拉杂笔记百数十条，记琐见琐闻。及游历遍，覆视之，觉其全属宁东豕，故概淘汰不编入，惟略存十数条如下：

住地底？住地顶？

野蛮人住地底，半开人住地面，文明人住地顶。住地面者，寻常一两层之屋宅是也。住地底者，孟子所谓下者为营窟。古之五祀，有中溜。穴地为屋，凿漏其上以透光，雨则溜下也。今吾国秦晋豫之间，犹有是风。北京之屋，亦往往有入门下数石级者，犹近于地底矣。纽约之屋，则十层至二十层者数见不鲜，其最高者乃至三十三层，真所谓地顶矣。然美国大都会通常之家屋，皆有地窖一二层，则又以顶而兼底也。

纽约触目皆鸽笼，其房屋也。触目皆蛛网，其电线也。触目皆百足之虫，其市街电车也。

公园

纽约之中央公园，从第七十一街起至第一百二十三街止，其面积与上海英法租界略相埒；而每当休暇之日，犹复车毂击人肩摩。其地在全市之中央，若改为市场，所售地价，可三四倍于中国政府之岁入。以中国人之眼观之，必曰弃金钱于无用之地，可惜可惜。

纽约全市公园之面积，共七千方嗌架，为全世界诸市公园地之最多者。次则伦敦，共六千五百方嗌架。

论市政者，皆言太繁盛之市，若无相当之公园，则于卫生上于道德上皆有大害，吾至纽约而信。一日不到公园，则精神昏浊，理想污下。

街上车、空中车、隧道车、马车、自驾电车、自由车，终日殷殷于顶上，砰砰于足下，辚辚于左，彭彭于右，隆隆于前，丁丁于后，神气为昏，魂胆为摇。

人言久住纽约者，其眼必较寻常人为快。苟不尔者，则当过十字街时，可以呆立终日，一步不敢行。

每日三百元之旅馆

纽约之最大旅馆，其上等房位，每日百五十元（合墨西哥银三百余元）。房中陈设，皆法前王路易第十四宫中物云。李文忠游美时住此馆，但仅住二等房位耳，每日七十五元。其参随辈，皆住三四等以下云。以中国第一等地位之人，而作纽约第二等客，一笑。

李鸿章手植之树

格兰德之墓，亦纽约一游燕处也。格兰德罢任总统后，贫不能自存，无有恤之者。及其死也，以数兆金营其墓，可称咄咄怪事。闻贱丈夫欲罔利者，营此别业，吸引裙屐；因使其附近地价，可以骤涨云。兹事虽小，亦可见薄俗之一斑也。墓临河，风景绝美，士女云萃，过于公园。合肥手植一树于墓门，泐数言焉，行人咸目之。

自由岛者，在纽约海口中央，竖一自由女神像，法国人所赠也。美人宝之，登之有潇洒出尘之想。

狂笑园

郎埃仑在布碌仑之西，由纽约乘电车半点钟可达，避暑之地也，游者以夜。余尝一游，未至里许，已见满天云锦，盖电灯总在数千万盏以上也。层楼杰阁，皆缀华灯，遥望疑为玻璃世界。中有一园，名狂笑园者。人以洋一角售券入园，园中诸陈设玩区，有普通者，有特别者。特别者另买券乃能入观，其券贱者半角，最贵者亦不过两角半。然欲遍观之，每人须费二十三元有奇。其余如狂笑园而稍小者，尚数十区，欲遍游非三四日不能。然至者，率皆中下等社会及儿童耳。

十四

黑暗之纽约

天下最繁盛者宜莫如纽约，天下最黑暗者殆亦莫如纽约。吾请略语黑暗之纽约：

排黄热者流，最诋华人不洁。以吾所见之纽约，则华人尚非不洁者。其意大利人、犹太人所居之数街，当暑时，老妪、少妇、童男、幼女，各携一几，箕踞户外，街为之塞。衣服褴褛，状貌猥琐。其地电车不通，马车亦罕至也，顾游客恒一到以观其风。以外观论，其所居固重楼叠阁也，然一座楼中，僦居者数十家，其不透光不透空气者过半，燃煤灯昼夜不息，入其门秽臭之气扑鼻。大抵纽约全市，作此等生活者，殆二三十万人。

贫民窟之情状

据一八八八年之统计，纽约之赫士达及摩比利两街（大半属意大利人所居，德国人、中国人、犹太人亦间有），其人口死亡之比例，每千人中至卅五人有奇。其五岁以下之小儿死亡者，每千人中至百三十九人有奇；较之纽约全市普通统计，每千人实应死亡廿六人有奇耳。其贫民生活之艰难，可以想见。此等率皆由住宅缺空气缺光线所致云。

又一统计家言，全纽约赁人合居之房屋，凡三万七千间，住于其中者百二十万余人云。

此等住居，非特有妨于卫生也，且有害于道德。又据统计家言，纽约某街有一楼，居者四百八十三人，而一年之间，犯罪者百有二人，其影响亦大矣。

财产分配之太悬绝

杜诗云："朱门酒肉臭，路有冻死骨。荣枯咫尺异，惆怅难再述。"吾于纽约亲见之矣。据社会主义家所统计，美国全国之总财产，其十分之七属于彼二十万之富人所有；其十分之三属于此七千九百八十万之贫民所有。故美国之富人则诚富矣，而所谓富族阶级，不过居总人口四百分之一。譬之有百金于此，四百人分之：其人得七十元，所余三十元，以分诸三百九十九人，每人不能满一角，但七分有奇耳，岂不异哉，岂不异哉！此等现象，凡各文明国罔不如是，而大都会为尤甚。纽约、伦敦，其最著者也。财产分配之不均，至于此极。吾观于纽约之贫民窟，而深叹社会主义之万不可以已也！

此等情形，既日日刿心怵目，于是慈善事业起焉。据统计表，则纽约既有之慈善事业凡千二百八十八所，其类别如下：

公立	28	常川救助	67
特别救助	51	救助废疾	16
传道会附属救助	49	医院	101
教会附属救助	590	改良事业	16
临时救助	83	相互救助	78
救助外国人	26	杂类	183

社会革命其终不免

现在纽约全市，每年慈善事业所费，亦恒在千万元以上云。虽然，慈善果遂足以救此敝乎？慈善事业，易导人于懒惰，而生其依赖心，灭其廉耻心者也；此所以此等事业虽日兴，而贫民窟之现状亦日益加甚也。观于此，而知社会之一大革命，其终不免矣。

以人为机器之奴隶

观各公司之制造工场，更令人生无穷之感。近世之文明国，皆以人为机器，且以人为机器之奴隶者也。以分业之至精至纤，凡工人之在工场者，可以数十年立定于尺许之地而寸步不移。其所执之业，或寸许之金，或寸许之木，磨砻焉控送焉；此寸金寸木以外，他非所知，非所闻也。如制针工磨尖者不知穿鼻之事，穿鼻者不知磨尖之事，而针以外之他工无论矣，而工以外之他事业、他理想更无论矣。以是之故，非徒富者愈富，贫者愈贫而已；抑且智者愈智，愚者愈愚。如彼摩尔根、洛奇佛拉之徒，以区区方寸之脑，指挥数千兆金之事业，支配数十百万之职员，历练日多，才略日出。而彼受指挥受支配之人，其智识乃不出于寸金寸木。鸣呼！何其与平等之理想太相远耶！此固由天才之使然，然亦人事有以制之。准是以谈，则教育普及之一语，犹空言耳。鸣呼！天下之大势，竟滔滔日返于专制。吾观纽约诸工场，而感慨不能自禁也。

女权不过表面佳话

纽约省统计，对于男子一人，而有女子六七人之比例。闻由近日东方之民，谋食于太平洋岸一带及大北铁路一带者日多，而其细弱则仍居东部，故悬绝至此甚云。此事于道德上影响亦不少。美国号称最尊女权，然亦表面上一佳话耳。实则纽约之妇女，其尊严娇贵者固十之一，其穷苦下贱者乃十之九。娇贵者远非中国千金闺秀之所得望，下贱者亦视中国之小家碧玉寒苦倍蓰焉。以文明之地，结婚既难，而女性复多于男性数倍，故怨旷之声，洋洋盈耳。以华人之业贱工者，而中下等之西女，犹争愿嫁之，则其情形略可想矣。此摩门教所以岁月侵入，而卖淫业者之数殆逾三万，其号称良家而有桑濮之行者且遍地皆是也。此亦纽约黑暗之一大端也。

十五

社会党员之来谒

廿九日，纽约社会主义丛报总撰述哈利逊氏来访。余在美洲，社会党员来谒者凡四次。一在域多利，一在纽约，一在气连拿，一在碧架雪地。其来意皆甚殷殷，大率相劝以中国若行改革，必须从社会主义著手云云。余谢以进步有等级，不能一蹴而几。彼等皆云：均之改革也，均之与旧社会之现状战也，均之艰难也；大改革所费之力，与小改革所费之力，相去不相上下，毋宁迳取其大者焉，所谓狮子搏兔与搏虎之喻也。余以其太不达于中国之内情，不能与之深辩，但多询其党中条理及现势而已。大抵极端之社会主义，微特今日之中国不可行，即欧美亦不可行，行之其流弊将不可胜言。若近来所谓国家社会主义者，其思想日趋于健全，中国可采用者甚多，且行之亦有较欧美更易者。盖国家社会主义，以极专制之组织，行极平等之精神，于中国历史上性质，颇有奇异之契合也。以土地尽归于国家，其说虽万不可行，若夫各种大事业如铁路、矿务、各种制造之类，其大部分归于国有，若中国有人，则办此真较易于欧美。特惜今日言之，非其时耳。社会主义为今日全世界一最大问题，吾将别著论研究之。

社会主义与中国

吾所见社会主义党员，其热诚苦心，真有令人起敬者。墨子所谓强聒不舍，庶乎近之矣。其于麦克士（德国人社会主义之泰斗）之著书，崇拜之，信奉之，如耶稣教人之崇信新旧约然。其汲汲谋所以播殖其主义，亦与彼传教者相类。盖社会主义者，一种之迷信也。天下惟迷信力为最强，社会主义之蔓延于全世界也，亦宜。

社会主义之实力

哈利逊为余言，现在全地球社会党之投票权，合各国计之，已共有九百余万。而近一两年来，其党员以几何级数增加，不及十年，将为全地球政治界第一大势力云。此其言虽不无太过，然其盛大之情况，固在意计中也。近来国际社会党最发达，此亦人类统一之一微兆。哈氏言日本人入党者已有九百余人，而中国尚无一。（以余所闻，在美洲有余君表进者，社会主义党员之一人也，余君亲为余言之，特未能为该党有所尽力耳。想曾入其党者，尚不止此数，哈氏或未确知耳。）哈氏极欲与吾党联络，拓殖此主义于我国，且欲得内地或海外之华文报数家为其机关报。余以中国人现在之程度未足语于是，婉谢之，期以异日而已。哈氏以其党之主义纲领等小册子及其丛报凡数十册见赠，余深谢之。

访问托辣斯大王

是日下午往访摩尔根。摩尔根者，世所称托辣斯大王，又称现今生计界之拿破仑者也。余本无事与彼交涉，特以全美国最大魔力之人，以好奇心欲一见之耳。彼生平未尝往访人，惟待客之来访，虽以大统领及国务大臣，或关于一国财政上求助于彼，亦惟就谘之，不敢望其枉驾也。又闻彼之会客，以一分钟至五分钟为度，虽绝大之问题，只以此最短时刻决断之，而曾无失误，其精力真千古无两。余于前两日以书道来意，求五分钟之晤谈，且约期。至是诣彼窝尔街之事务室访之，则应接所之客数十，以次引见，真未有过五分钟以外者。余本无所求，且不欲耗彼贵重之时刻，故入谈仅三分余钟而毕。彼赠余一言云：凡事业之求成，全在未著手开办以前；一开办而成败之局已决定，不可复变矣，云云。此语殆可为彼一生成功之不二法门，余深佩之。

摩尔根略传　三大托辣斯之成功　全世界之原动力

摩尔根，美国干捏底吉省人，累代皆为美名族。父拥大资本，在波士顿创一摩尔根银行，握大西洋两岸金融之权者数十年。摩氏虽借父业起家，然自少年即富于自立之性，大学卒业后，二十一岁即入纽约之丹康查门银行，从事实务之练习。自南北战争以后，美国产业复兴，而全国中各事业，其资本在数百万元以上者，殆无一不与摩氏有关系。及一八八二年以后，美国托辣斯渐兴，野心家从事此业者踵相接，而真能成就者不过十之一二。其余则屡起屡仆，大牵动生计界，惹起举国物议。于是天然淘汰，优胜劣败，其成功全归摩氏之手。计今摩氏所倡办，及与彼有关系之托辣斯公司等，凡三百六十余家。全美国总资本之半额，归彼一人支配之下。其最大者：（一）铁路大托辣斯，以千九百年成立，凡合并十一大公司。全美国最大之干线，皆被网罗。其线路合计四万三千三百余英里，足以绕地球四周而有余。其资本为美金十万万零五千四百余万，当中国政府二十年之岁入。（二）钢铁大托辣斯，以千九百一年成立，凡合并八大公司，其资本为美金十一万万零四千五百万，部下职员凡二十五万有奇。（三）轮船大托辣斯，以千九百二年成立，凡合并八大公司，有船百十八艘，八十八万一千五百六十二吨，英美德三国在大西洋航路之船一网而尽。嘻，伟矣！当摩氏之谋设钢铁托辣斯也，钢铁大王卡匿奇不欲，乃摩氏仅一席话，而卡氏遂帖然奔走，三月事遂大定。其谋设轮船托辣斯也，欲握大西洋航权，使新旧两大陆交通机关入于其手也。黎伦轮船公司者，英国最大最久之公司，其船来往大西洋者二十九万三千余吨；英国百余年来所以左右海权者，实惟此公司是赖。摩氏之初至英也，英人闻其有建轮船托辣斯之议，目笑存之。乃亦不及数月，竟戢戢以就范围。于是全欧人始骇汗相惊，曰美国祸，曰美国袭来，曰美国统一世界。若此者，谓其原动力在摩氏一人可也。举世锡彼徽号曰，"商界之拿破仑"。诚哉！其拿破仑也。摩氏至德国，德皇维廉第二出其御船迎之，与之同游宴者三日，退而语人曰："吾见当世英雄，惟有一人，曰摩尔根。"摩氏亦语皇云："使陛下而生于美国，凭借此大舞台，以演陛下之大手段，其鸿图当更有不可思议者。"呜呼！使君与操，真并世之两人杰哉！其目无余子也固宜。抑二十世纪以后之天地，由武力时代，变为实业时代，然则今日再有一武力之拿破仑，亦终不免在劣败之数。而有一实业之拿破仑，其并吞囊括之大业，谁又能测其所终极耶？

十六

纽约"唐人埠"

纽约全省之华人约二万，其在纽约市及布碌仑（与纽约相连今合为一自治团体）者万五千，大率业洗衣者最多，杂碎馆者次之，厨工及西人家杂工又次之。其余商人，则皆恃工以为生。商店大小亦有数百家，自成一所谓"唐人埠"者。每来复，唐人埠街衢为塞，盖工人休暇，皆来集也，余日则颇冷淡。吾侪在东方诸市演说，惟来复日听众阗塞，余日则至者不及半数。

"李鸿章杂碎"馆

杂碎馆自李合肥游美后始发生。前此西人足迹不履唐人埠，自合肥至后一到游历，此后来者如卿。西人好奇家欲知中国人生活之程度，未能至亚洲，则必到纽约唐人埠一观焉。合肥在美思中国饮食，属唐人埠之酒食店进馔数次。西人问其名，华人难于具对，统名之曰"杂碎"，自此杂碎之名大噪。仅纽约一隅，杂碎馆三四百家，遍于全市。此外东方各埠，如费尔特费、波士顿、华盛顿、芝加高、必珠卜诸埠称是。全美国华人衣食于是者凡三千余人，每岁此业所入可数百万，蔚为大国矣。

中国食品本美，而偶以合肥之名噪之，故举国嗜此若狂。凡杂碎馆之食单，莫不大书"李鸿章杂碎"、"李鸿章面"、"李鸿章饭"等名。因西人崇拜英雄性及好奇性，遂产出此物。李鸿章功德之在粤民者，当惟此为最矣。然其所谓杂碎者，烹饪殊劣，中国人从无就食者。

中医中药

西人性质有大奇不可解者，如嗜杂碎其一端也。其尤奇者，莫如嗜用华医。华医在美洲起家至十数万以上者，前后殆百数十人。现诸大市，殆无不有著名之华医二三焉。余前在澳洲见有所谓安利医生者，本不识一字，以挑菜为生，贫不能自存。年三十余，始以医诳西人，后竟致富三百余万。及至美洲，其类此者数见不鲜，所用皆中国草药，以值百数十钱之药品，售价至一金或十金不等，而其门如市，应接不暇，咄咄怪事。

西例，凡业医者必须得政府之许可，然在美国得之并不难，各医家皆自称在中国某学校卒业之医学士、医学博士等。盖美国贿赂风盛行，有钱则万事俱办也。自此点观察之，则不如日本远甚。日本唐人埠之医生，无一能得免许状者。

中国商业之惭色

纽约者，全世界第一大市场，商业家最可用武之地也。中国至微至贱之货物，如爆竹，如葵扇，如草席，每岁销数皆各值美金数百万，大者无论矣。然大率由美国人手经办，中国人自办者寥寥。统计纽约全市，其与西人贸易之商店，仅两家而已。中国人对外竞争之无力，即此可见。谓中国人富于商务之天才者，亦诬甚矣。

纽约及东部一带之华人，有眷属者颇稀，不如西部之多，盖道远往来难之所致欤。以此之故，华童在学校者亦甚少，约计不盈百人。

哥仑比亚大学，美国大学中之第一流也。吾中国学生一人，曰严君锦镕，北洋大学堂官费所派遣者，学政治法律，明年可以卒业。

由纽约至哈佛、 波士顿

十七

四月晦，由纽约至哈佛。哈佛者，干涅狄吉省之都会，而东部著名之市府也。

居纽约将匝月，日为电车、汽车、马车之所鞼鞳，神气昏浊，脑筋瞀乱。一到哈佛，如入桃源，一种静穆之气，使人翛然意远。全市贯以一浅川，两岸嘉木竞荫，芳草如簀。居此一日，心目为之开爽，志气为之清明。

谒容纯甫先生

全市华人不过百余，而爱国热心不让他埠，举皆维新会中人也。时容纯甫先生阌隐居此市，余至后一入旅馆，即往谒焉。先生今年七十六，而矍铄犹昔，舍忧国外无他思想、无他事业也。余造谒两时许，先生所以教督之劝勉之者良厚，策国家之将来，示党论之方针，条理秩然，使人钦佩。

翌日乡人请余演说，容先生亦至。

哈佛者，中国初次所派出洋学生留学地也，于吾国亦一小小纪念。容先生导余游其高等学校，实全美国最良之高等学校云。（余行后三月，康同璧女士来留学斯校。）其校长出二十年前校中记事录言及中国学生者见示，余为歆歆久之。

中国初次出洋学生

中国初次出洋学生，除归国者外，其余尚留美者约十人，余皆尽见之。舍叹息之外，更无他言。内惟一郑兰生者，于工学心得甚多，有名于纽约。真成就者，此一人矣，然不复能为中国用。以美国数百万学者中，多此一人，何补于美国？其次则容骙，现在我公使为头等翻译，笃诚君子，文学甚优，亦一才也，吾深望其将来有所效于祖国。自余或在领事署为译员，或在银行为买办，等诸自郐矣；人人皆有一西妇，此亦与爱国心不相容之一原因也，一叹！

市中有一室，昔为留学生寄宿舍者，中国政府所购置也，数年前始售去。其一匾额落杂货肆中，乡人以数金易归，免将来入博物院增一国耻而已。

耶路大学中国学生

由纽约至哈佛，道经纽海文，实耶路大学所在地也。耶路为美国最著名之大学，吾国学生亦有三人在焉，曰陈君锦涛，曰王君宠佑，曰张君煜全，皆北洋大学堂官费生也。吾自初即发心往参观此校，然迫于时日，所至各地，皆有期约，竟不能下车，以为遗憾。今年夏季卒业，其法律科，王君襃然为举首。受卒业证书时，王君代表全校四千余人致答词，实祖国一名誉也。是次法律科第一名为黄种人，第二名为黑种人，第三名乃为白种人。各报纸竞纪之，谓从来未有之异数云。

一则以喜一则以惧

闻耶路大学近拟开一分校于我上海，已有成议，或以明年秋冬间可开校云。果尔则为吾国学者求学计，便益多矣。虽然，我辈当思彼美人者果何爱于我，而汲汲焉乃不远千里而来教我子弟耶？人才未始不可以养成，特不知能为祖国用否耳？教育者何？国民教育之谓也，天下固未有甲国民而能教育乙国民者。不然，香港之皇仁书院，上海之圣约翰书院，其学科程度，虽不及耶路之高，然在中国固罕见矣，问其于我祖国前途作何影响耶？吾闻耶路开学之举，喜与惧俱矣。

余在哈佛二宿即行，五月二日至波士顿。

十八

波士顿之维新会

波士顿者，马沙诸些省之首都，现今美国第五位之大都会，而自独立以前素著名誉之市府也。人口五十六万余，华人约三千。美国东部中国维新会之开，以斯市为最早。会成于己亥秋，至壬寅冬而大扩张，故吾党与该市华人关系颇切密。既至，诸同志迎于车站，留学生徐君建侯偕焉，欢迎一如纽约。是夕，余为中国国旗演说，及波士顿历史之演说，听者颇感动。

"自由祖国之祖"

波士顿者，美国历史上最有关系之地，而共和政治之发光点也。初英人之殖民于美洲，在千六百二年，初有新英兰勿尔吉尼诸地之公司。而其实行共和政体者，为自今马沙省所属菩利摩士一支之殖民始。余于五年前所为《饮冰室自由书》，有一条题为"自由祖国之祖"者，其文云：

1620 年之 101 人

"北亚美利加洲有一族之人民焉。距今二百七十余年前，其族之先人百有一人，苦英苛政，相率辞本国，去而自窜于北美洲篷艾藜蒿之地，栉风沐雨，千辛万苦，自立之端绪稍萌芽焉。其初至之地曰菩利摩士，遗迹至今犹有存者。尔后有志之士接踵而来，避秦而觅桃源者所在皆是。积百有余年，户口渐繁，财政渐增。至千七百七十五年，既弥漫于十三州之地，遂建义旗，脱英羁轭。八年苦战，幸获胜利，遂为地球上一大独立国，即今之美国是也。回忆此一百有一之先人，于千六百二十年十二月二十二日冽风阴雪中，舍舟登陆，茧足而立于大西洋岸石上之时，其胸中无限块垒抑塞，其身体无限自由自在，其襟怀无限光明俊伟，殆所谓本来无一物者；而其一片独立之精神，遂以胚胎孕育今日之新世界。天下事固有种因在千百年以前，而结果在千百年以后者。今之人有欲顶礼华盛顿者乎？吾欲率之以膜拜此百有一人也。"

新世界石

吾梦想此境者有年，吾今乃得亲履其地，抚其遗迹，余欣慰可知矣。菩利摩士距波士顿仅汽车五点余钟，余凌晨而往，观所谓"新世界石"者，即彼百有一人初至时登岸所立之地也。二百年来，美之爱国家及外来游客至者，每椓凿少许怀之而归，以作纪念，原石损坏殆半。至是以铁栅围之，禁采折云。徐君建侯赐其名曰"新世界石"。本书所载之图，即徐君亲自摄影见赠者也。

勃黎福创立共和制

初，十七世纪之初元，英民以谋利目的渡航美洲者渐夥。至其真为自由主义坚苦刻厉以行其志者，实始自此百有一人。百一人之首领为勃黎福，实清教徒中之急进派也。当英王占士第一即位，严压新教。勃黎福及其党人，乃决计出奔异国，自行其是。千六百八年，率其徒赴荷兰，寄居数年，困甚。又虑其子弟久居异邦，失其国粹。时闻勿尔吉尼省之殖民公司，为清教会中所主持，始谋来美托庇同道。乃贷资于伦敦富商，期以七年偿还，约定买巨艇尽族而行。千六百二十年，抵菩利摩士，见其地饶沃，宜种植，遂定居焉，不隶于勿尔吉尼。

其始定制，通力合作，种植所得，悉存为公积，而同人亦衣食于公家，无有私财，实行柏拉图之共产主义。未几，故国人闻之，深相慕羡，来者日众。见共产之制不可以久，乃议每夫划田一亩为私有，建筑村邑，公议管理之法。首建议会，举勃黎福为伯里玺天德，小事由伯理玺处分，大事则公议公断，凡成年者皆有会议权。至一六三八年，以居民分拓殖于各地，散处不能悉赴会，乃行代议制度，是菩利摩士开辟之略史也。（菩利摩士初时自为一省，后乃合并于马沙。）故美国共和政团，实托始于是。

波士顿为美发源地　要求自治证书
首倡公议抗英苛税

美国人合众自立之端绪，殆无一不发源于波士顿。当一六四三年红印度土人屡与殖民诸白人为难。而英廷亦与清教会相持，于是始联合马沙诸些、菩利摩士、干捏底吉、纽海文四省，立一殖民总会（后菩利合于马沙，纽海文合于干涅，实今之二省，而当时分四政府也），实为联邦之滥觞。而其总会所在，波士顿也。一六六四年，英廷颁发航海条例，欲以限制殖民，遣使至新英兰及马沙诸省，而廷折其公使，拒不纳者，波士顿人也。一六八四年，英廷废马沙省之证书（美国诸殖民地皆受自治证书于英廷，或先得证书而后来，或殖民渐就绪而后求得证书），特派一总督统辖新英兰诸省。及一六八八年，马沙人首立共和政府，复要求自治证书于英廷，其政府所在，则波士顿也（是年英王维廉第三遂给回证书于马沙）。当英法七年战争之役，法人大联红印度土人与英属诸殖民省为难，故诸省不能不会同拒敌。于是有亚尔拔尼（纽约省之首都也）大会议，实为联邦进步之第二着。而其时之军事会议，则在波士顿也。（时华盛顿为勿尔吉尼省之副将，参与军事会议于波士顿，自是华盛顿始著名。）一七六五年，英廷创行印花税，诸殖民地大愤。其首发难相抵抗，使税员惧而辞职，而印花税得以暂废者，则亦波士顿市民之为之也。一七六七年，英国户部大臣汤欣厉行苛税，设法六章，而特由英廷设一美洲总税务司于波士顿。其首倡临时公议抗此新法，令各税务司皆惧而逃匿于炮台者，亦波士顿人也。一七七二年，居民与驻防兵首交哄，为军事之先声者，又波士顿人也。其后汤氏新税虽废，而仍留茶税一项。印度茶必经由英国，由英廷抽税乃许入美。一七七三年，英茶至波士顿，起岸候验。居民闻之大哗，群起夺取茶箱，尽投诸海港，此实为美国人对于英廷宣战之第一着，则亦波士顿之倡也。其年，英廷遣兵一小队，以军政治其地。而马沙亦自设政府，募民兵。一七七五年，遂有奔勾丘之战。其最初交绥之地，则波士顿也。其年五月，复开国会于费尔特费，举华盛顿为统帅。其第一次战捷，挫英兵之锐气者，则首围波士顿而夺据之也。由此论之，谓波士顿为美国合众自立之母，谁曰不宜？

1774 年抛弃英茶处

余在波士顿九日，每以半日与国人演说谈论，以半日访寻其历史上遗迹。手美国史一部、波士顿名胜记一部、地图一纸，按图而索之。初四日，往观抛弃英茶之港口，则今为一大街最繁盛之区矣。街角墙上嵌一铜碑，铭曰："一七七四年抛弃英茶处"，下复纪其事略。盖当时有市民七人，涂面易服，为红印度人之装束，夜袭英船，取其茶数十箱，投诸海云。斯事与林文忠在广东焚毁英人鸦片绝相类。而美国以此役得十三省之独立，而吾中国以彼役启五口之通商，则岂事之有幸有不幸耶？毋亦国民实力强弱悬绝之为之也。余徘徊久之，得一绝句：

> 雀舌入海鹰起陆，铜表摩挲一美谈。
>
> 猛忆故乡百年恨，鸦烟烟满白鹅潭。
>
> （雀舌谓茶。美国以鹰为徽章。）

英美第一次交战地

同日，游奔勾山，至则仅一小丘耳。一七七五年四月，马沙民兵围波士顿，与英驻防兵初交绥，即在此地。今有一华表一民兵首领战死者之铜像。华表之守护人导余遍游全丘，逐一指点曰：某处者，某兵官所立废令之地也；某处者，某兵官战死之区也。是役也，英兵死伤千五百，美人仅四百云。余凭吊感慨，不能自禁，成一诗云：

> 昔游东台冈（日本勤王师战胜处，即今东京上野公园是也），今上奔勾丘。渺兹一抔土，长留万人讴。生命固所爱，不以易自由。国殇鬼亦雄，奴颜生逾羞。当其奋起时，磊落宁他求？公义之所在，赴之无夷犹。一射百决拾，

往折来轸道。大业指挥定，啧啧凝万眸。谓是实天幸，人谋与鬼谋。谓是某英雄，只手回横流。岂识潜势力，乃在丘民丘。千里河出伏，奔海不能休。三年隼不鸣，一击天地秋。获实虽今日，播种良远繇。固知无实力，不足语大猷。即今百年后，兵销日月浮。铺锦作山河，琢玉为层楼。周文与殷质，国粹两不仇。入市观市民，道力尚无俦。清明严肃气，凛凛凌五洲（波士顿风俗之美至今犹为美国冠）。益信树人学，收效远且道。仰首啸鸿濛，回首睨神州。先民不可见，怀古信悠悠。

华盛顿纪念地

翌日游公园，有一树为华盛顿初次点兵处。原树已槁，今所见，其补植者也。

随游道前斯达岭，前此英兵所屯，华盛顿夺据之，以临波士顿，遂获全胜者也。有石碑示华盛顿所立处。

同日，游一礼拜堂，乃独立前清教会之所建者。规模甚局小，体制甚古朴，实独立时民党屡次集议之地云。今不复在此讲道，惟以当一博物院而已。其中所陈历史上纪念物甚多，不能备述。

十九

波士顿市立图书馆

初六日，往观市立图书馆。设图书馆以保存古籍者，自十六世纪时日耳曼人已行之。至以此为公共教育之机关，实自兹馆始云。千八百四十七年，波士顿市长乾士氏议徵市税，以设市立图书馆，议会许之，即为此馆之嚆矢。越二年，英国仿其例，由议会提款以充兹事之用。千八百五十四年，英之门治斯达、利物浦二市始有图书馆，实波士顿以后第一次继起者也。以千八百九十六年之调查，则全美国中藏书三千卷以上之图书馆，凡六百二十六处云。本馆所藏书凡八万册，其前后建筑费合计美金二百六十五万元。除总馆之外，其分布于市中者，尚有分馆十所、借书处十七所云。此皆馆长为余所言者。彼断断然以此为波士顿市对于全世界之名誉也。

世界最古之报馆

同日往观"波士顿报"馆，史家或亦以此为世界最古之报馆云。考新闻纸之起源，或云当中世之末，意大利之俾尼士已有之，由政府发行，每月一册，用手写，非印刷也。其在英国，则千五百八十年，额里查白女皇与西班牙交战之时，政府亦曾发一新闻纸，出版无定期。至占士第一时，始有礼拜报。实则英国每日新闻，实自千七百九年始。而此"波士顿报"，则滥觞于千七百四年。然则谓此报为报界之祖，殆无不可。距今适二百年，已不知几易主；而其规模之宏大，亦不可思议。余往观经三点钟乃毕，内容繁赜，倦于笔记矣。观毕后馆主请留一相。余每至一市，诸报馆访事皆来照相，此次又特别留记者也。

报馆愈古者则愈有价值。盖泰西之报馆，一史局也。其编辑文库所藏记事稿，无虑百千万亿通；所藏名人像及名胜图画，无虑百千万亿袭；分年排比，分类排比。吾尝游大新闻报馆数家，其最足令吾起惊者，则文库是也。故无论何国，有一名人或出现或移动或死亡，今夕电报到，而明晨之新闻纸即登其像，地方形胜亦然。彼何以得此？皆其文库所储者也。

新闻业之繁盛

美国当千八百五十年，全国报馆仅二百五十四种，读者仅七十五万八千人。至千九百年，报数增至万一千二百二十六种，读者增至千五百十万人。全国印出报纸，总数凡八十一万万零六千八百五十万部。统计全国报馆，平均支出费用总额一万万零九千二百四十四万元（美金），收入总额二万万零二千三百万元。于戏，盛哉！而倡之者实自"波士顿报"，此亦波士顿之一荣誉哉。美国之大报馆，皆一馆而出报至数种或十数种之多，有晨报焉，有午报焉，有晚报焉，有夜报焉，有来复报焉，有月报焉，有季报焉，有年报焉，皆以一馆备之。其最大者如纽约之太阳报、世界报、时报，每日出至十数次以上，大抵隔一点或两点钟即出一次。午间向街上卖新闻者而求其早间所出之报，则已不可复得矣。凡大都会之大新闻，大率类是。以视吾东方之每日出一张，销数数千乃至数万，即庞然共目为大报馆者，其度量相越，岂不远耶？

博物院藏中国御物

初七日，往观博物院。其中陈设之璀璨瑰玮，吾固数见不鲜，不复缕述。所最令余不能忘者，则内藏吾中国宫内器物最多是也。大率得自圆明园之役者半，得自义和团之役者半。内有文宗所用之表，云是俄罗斯皇室所赠者，其雕镂之精巧，殆无伦比。表大不过径寸，其外壳絷两裸体美人倚肩于瀑布之上，两鸟浴于瀑布之下。表机动，则瀑布飞沫，诚奇工也。其余雕玉物品、雕金物品、古近磁器凡数百事，并庋一龛，不遑枚举。余观其标签，汗颜而已。

哈佛大学

初八日，观哈佛大学。美国东部大学以哈佛、耶路、哥仑比亚三者最著名，其程度莫能轩轾。至科学，则仍以哈佛为最高云。吾中国始终未有一人卒业于此校。

初九日，往纽巴弗。其地华人不过数十，徐建侯留学于其地实业学校，招往焉，演说一次，往观学校而还。

初十日，由波士顿复返纽约，道经科利华。其地有华人百余，强留一宵演说。

十一日，乘船归纽约，其船称世界汽船中最美丽者云。

由纽约至华盛顿

二十

最闲雅之大公园

五月十四日，由纽约至华盛顿。

华盛顿——美国京都，亦新大陆上一最闲雅之大公园也。从纽约、波士顿、费尔特费诸烦浊之区，忽到此土，正如哀丝豪竹之后闻素琴之音，大酒肥肉之余嚼鲈莼之味，其愉快有不能以言语形容者。全都结构皆用美术的意匠，盖他市无不有历史上天然之遗传，而华盛顿市则全出于人造者也。

都中建筑最宏丽庄严者为"喀别德儿"（capital）。喀别德儿者，译言元首之意，谓此地为一国之元首也。喀别德儿之中央一高座为联邦法院，其左右两座次高者为上议院、下议院，其后一大座为图书馆，合称为喀别德儿。喀别德儿之前，置华盛顿一铜像。其中央高座、中门、栈楹、桷壁，盖皆美国历史纪念画，其技或绘或雕或塑，其质或金或石或木，自殖民时代、独立时代、南北战争时代以至近日，凡足以兴国民之观感者，无一不备，对之令人肃然起敬，沛然气壮，油然意远。甚矣，美术之感人深也。环喀别德儿之周遭，皆用最纯白大理石铺地，净无纤尘，光可鉴发。其外则嘉木修荫，芳草如簧，行人不哗，珍禽时鸣。琅环福地，匪可笔传矣。

图书馆之中文题字

华盛顿之图书馆，世界中第一美丽之图书馆也。藏书之富，今不具论。其衣墙、覆瓦之美术，实合古今万国之菁英云。吾辈不解画趣，徒眩其金碧而已。数千年来世界上最著名之学者，莫不有造像，人之如对严师。其观书堂中，常千数百人，而悄然无声，若在空谷。

观书堂壁间以精石编刻古今万国文字，凡百余种。吾中国文亦有焉，所书者为"子夏曰日知其所亡月无忘其所能可谓好学也已矣"二十一字，写颜体，笔法遒劲，尚不玷祖国名誉。

大统领官邸之朴素

喀别德儿之庄严宏丽如彼，而还观夫大统领之宫邸，即所谓白宫（White House）者，则渺小两层垩白之室，视寻常富豪家一私第不如远甚。观此不得不叹羡平民政治质素之风，其所谓平等者真乃实行，而所谓国民公仆者真丝忽不敢自侈也。于戏！倜乎远矣。

全都中公家之建筑最宏敞者为国会（即喀别德儿），次为兵房，次为邮局，最湫隘者为大统领官邸。民主国之理想，于此可见。

华盛顿纪功碑

华盛顿纪功华表，矗立都之中央，与喀别德儿相对，高五百英尺，实美国最高之建筑物也。其中空，可以升降。用升降机上之，须五分钟始达绝顶，步行则须二十分钟以外。登华表绝顶以望全都，但见芳草甘木，掩映于琼楼玉宇间。左瞰平湖，十顷一碧。同行一西人，为余指点某邱某壑，是独立军决斗处；某河某岸，是南北战争时南军侵入处。余感慨歔欷，不能自胜，得一诗云：

琼楼高处寒如许，俯瞰鸿濛是帝乡。

十里歌声春锦绣，百年史迹血玄黄。

华严国土天龙静，金碧川山草树香。

独有行人少颜色，抚阑天末望斜阳。

中国所赠石上铭文

华盛顿纪功华表构造时，徵石于万国，五洲土物，鸠集备矣。各国赠石，皆系以铭，用其国文渺之，以颂美国国父之功德。吾中国亦有一石焉，当时使馆所馈，道员某为题词。其文乃用《瀛寰志略》所论载，谓华盛顿视陈胜、吴广，有过之无不及云。呜呼！此石终不可磨，此耻终不可洒，见之气结。

旅美十月，惟在华盛顿五日中最休暇，遍游其兵房、库房、铸银局、博物院、植物院等。惜不能到华盛顿故里一观遗迹，最为憾事。

每夕使馆中人多相访者，询美政府对满洲问题之真相颇悉。今事已过去，已发表，不复再述。

华盛顿除使馆外，有中国留学生八人，寿州孙氏居其五，皆沈实向学，有用才也。

二十一

访外务大臣海氏

十六日访外务大臣约翰海氏于其家，谈两点余钟。语以中国朝局真相，及一二年来民间之思潮，海氏皆若不胜其骇者，劝著一书以谂欧美人，许之，病未能也。海氏号称美国第一政治家，任国务卿兼外务大臣者将十年，近年美国对外政策多由彼主持。彼又为余言，彼向持中国可以扶植之论，虽同僚亦多非笑之者；今见余，且闻余言，益自信其所见之不谬。余闻之，深为我祖国悲恸，唯唯而已。濒行，殷殷以常通信相嘱，亦有心人也。其人沉默廉悍，一望而知为外交老手。

十七日访大统领卢斯福于白宫。时卢氏巡行国内初归，坐客圜溢。导余别室，会晤约两刻。无甚深谈，惟言常接我会电报，且见章程，深佩其宗旨及其热诚。祝此会将来有转移中国之势力，且祝其现在有转移美国华侨之势力云云。又言，深以未得见康南海为憾事，嘱余代致意。且嘱有欲陈之言，悉告海氏，与彼无异云。

大统领卢斯福

卢斯福之人格，与德皇维廉第二相仿佛。并世各国首长中，其雄才大略，有开拓万古推倒一时之概者，惟此两人而已。卢氏以千八百五十九年生于纽约市，千八百八十年卒业哈佛大学，受法学博士学位，出仕为海军部书记官，已著论大倡扩张海军之议，其时国民无以为意者。西班牙战役起，慨然投笔，自募义勇队率以从军，威名大显。战毕，被举为纽约市警察总监，旋任纽约省总督，极力节制资产家，使不得跋扈。及选举大统领时，资产家忌其能，故欲以闲职安置之，乃推为副统领之候补员，竟获选就任。美国制，副统领不过上议院一议长，且在院中无发言权，无投票权，实坐啸画诺之闲员耳。党人以此术敬而远之，将使彼无用武之地。乃无端而有前统领麦坚尼遇刺之变，定例以副统领袭其后，于是卢氏一跃而立于最高之地位，骥足始克展矣。美国自麦坚尼以来，共和党（即利帕辟力根党，现政府党也）即已倾心于帝国政略，卢氏更持极端之进取主义，雄心勃勃。其所著书，有《奋斗的生涯》一篇；其馀所至演说，无不以战争为立国之大原，即此可见其为人矣。将来下次选举大统领时，卢氏已有独占多数之势，大约其复任可以预决。果尔，则卢氏在任七年中，美国之突飞进步，正未可量也。

门罗主义

美国近数十年，以门罗主义为外交上神圣不可侵犯之国是，此尽人所同知也。虽然，经麦坚尼、卢斯福两大统领之时代，而门罗主义之性质，生一大变化。欲知世界全局之大势者，不可不深察也。考门罗主义之宣言，在千八百二十三年，其时中美洲、南美洲诸国尚悉为欧罗巴人殖民地，顾皆不堪虐政，欲脱母国自立；而母国犹汲汲镇压，始终认属地为其固有之权利。其时欧洲各专制君主国结集所谓"神圣同盟"者，思以挫民权自由之气焰；而西班牙遂借此同盟之威力，欲镇压殖民地之叛乱，而恢复其故权。以此之故，中美、南美战乱无已时，而商业上交通上皆生障害。美国大统领门罗氏乃宣言于各国，明定北美合众国对于全美洲之权利及其义务，是即所谓门罗主义者是也。故门罗主义者，非国际法上一原则，而实对抗于神圣同盟之防守军也。所谓门罗主义之性质如是如是，今剖析其内容，则有积极之方针三，有消极之方针三：

积极与消极的方针

一、亚美利加大陆中，凡已宣告自由独立之国土，则欧罗巴诸国不得以之为殖民地。

二、若欧罗巴诸国欲压制拉丁亚美利加诸国（按：中美、南美诸国皆拉丁民族所殖民，故谓之拉丁亚美利加；美国人自称则条顿亚美利加，或盎格鲁亚美利加也），或以他种方法阻其进步，是即与美国为敌也。

三、欧罗巴同盟诸国，不得扩殖其政体于南北美两大陆；苟尔，则是有意欲破坏美国之平和及其幸福。

以上三条积极之宣言。

一、欧罗巴诸国所有现在之殖民地及属国，美国不干涉之。

二、亚美利加大陆诸国，各从其所采择之政体，美国不干涉之。

三、欧罗巴诸国之内政及其外交和战等事，美国决不干涉之；但有侵害美国权利之时，则为正当之防御。

以上三条消极之宣言。

其变迁之历史

此门罗主义最初之本相也。虽然，八十年来随美国国势之进步，而此主义亦日变其形。今略述，则：

一八四五年，博克为大统领时宣言曰："合并美洲大陆之国土，此美国之义务也"云云。

一八八一年，加弗为大统领时宣言曰："拉丁亚美利加诸国所有纷扰事件，宜以美国为其裁判者"云云。

一八九五年，国务大臣阿尔尼宣言曰："美国者，亚美利加全洲之主权者也"云云。

所向无敌

由是观之，则门罗主义之本相，则所谓"亚美利加者，亚美利加人之亚美利加"，是其义也。及其变形，则所谓"亚美利加者，美国人之亚美利加"矣。而孰知变本加厉，日甚一日，自今以往，骎骎乎有"世界者美国人之世界"之意。而其所凭借以为口实者，仍曰门罗主义、门罗主义。嘻，岂不异哉！谓余不信，请观卢斯福之门罗主义演说。

卢斯福巡行全国，至芝加高演说云：

（前略）门罗主义者，今犹未能为国际法上之原则。顾其将来，必有能为国际法上原则之一日，此吾所敢断言也。虽然，此主义能实行与否，全视吾美国人之远志与实力何如，而其为国际法上原则与否殆馀事耳，此则我国民所一日不可忘者也。夫大言壮语，非所贵也，于人与人之交涉有然，于国与国之交涉亦有然。使徒言之以快一时，仓卒遇变，而无所以应之之具，则辱滋甚耳。谚有之，"勿多言，携盾于手，汝斯得进。"鄙人思之熟思之，苟吾美国能具置有力之海军，且持久而勿替焉，斯我门罗主义，所向无敌矣（下略）

（按：此演说甚长，且极有关系之文也。其大意皆在奖厉海军思想，于下节观美国海军时再录之，兹不多赘。）

其意何居

吾读此演说，三复其"门罗主义所向无敌"一语，吾不禁瞿然以惊，而未测卢斯福及美国国民之本意何在也。夫使门罗主义而仅曰"亚美利加者，亚美利加人之亚美利加也"，则需海军何为者？就使门罗主义而仅曰"亚美利加者，美国人之亚美利加也"，则需强大之海军何为者？且门罗主义，凡以保守耳，防御耳，故他国之向于门罗主义，容或有之。至以门罗主义向人，吾不知其何意也？卢氏之言曰："所向无敌"。呜呼，可以思矣！夏威、菲律，夷为郡县；若不阙秦，将焉取之？吾恐英国鸦片烟之役、法国东京湾之役、德国胶州湾之役，此等举动，不久又将有袭其后者也。

二十二

大统领之职权

美国大统领，其权力职掌，与他国之首长有所异。今据其宪法所定者论次之：

一、大统领有总督联邦海陆军及各省民兵之权。

二、大统领有缔结条约之权，惟须得上议院议员三分有二之协赞。

三、大统领有任用外交官、司法官及联邦政府各官吏（其宪法中特别规定之官吏不在此限）之权，惟亦须得上议院之协赞。

四、有赦减刑罚之权（惟议院所弹劾之案不在此数）。

五、遇大事故，有临时召集议院之权。

六、国会决议之法律案，大统领有权拒之，或饬令再议（惟再议之后，若两院皆以三分二之多数通过前案，则大统领不得不画诺）。

七、大统领有将美国国情禀告于国会，以政策呈荐于国会之义务。

八、有效忠于法律之义务。

九、有监督联邦官吏之义务。

平时权小战时权大

美国大统领之性质，其最与他国首长相迳庭者有一焉，则在平时其权力甚小，在战时其权力甚大是也。盖在平时，国内行政大部分之权，在各省政府。即联邦之诸政务（论美国政治者，当于各省政府与联邦政府划清界限，本书末章已略论之），亦大率由立法部（即上下议院）之法律所规定，故行政部（即大统领所属）无自由行动之余地。若一旦与外国宣战，或国中内乱起，则大统领据其总督海陆军之权，且实行其效忠法律之义务，可以将一切权力悉入掌握中。如南北战争时之林肯，是其例也。彼于一八六二年宣告放奴之檄于全国，未尝问各省立法部之许可与否，而毅然举行。且一切普通法律，皆得以便宜行事停止之。故西人常言在盎格鲁撒逊人种之中，其个人之权力最大者，前有一克林威尔，后有一林肯耳。大统领战时之大权，可见一斑。

大统领与立法部

美国大统领与立法部之关系，以视英王与立法部之关系，大有所异。彼英王者以形式上言之，则立法部之一员也。何以故？彼英国宪法本以国会为王所召集，以王为会议长，以听人民之疾苦，而制定匡救之法律者也。（今事实上实非尔尔，但其由来则如是耳。）故现今英国重要之法律，大率皆由政府大臣奉王之名提出于国会，以求其协赞。美国则不然，彼大统领非立法部之一员也，故其宪法不许大统领及其阁臣提出法律案于议会。何以故？彼等无列议于国会之权利故。此亦政法上一有趣味之问题也。盖美国者，实行孟德斯鸠三权鼎立之义，而界限极分明者也。美国何以能如此？则以英国之宪法由天然发达，而美国则全加以人力也。

大统领多庸材

美国大统领多庸材，而非常之人物居此位者甚希焉。此实我辈异邦人所最不可解之问题也。试历数建国以来二十四名之大统领中，除华盛顿、遮化臣、林肯、格兰德、麦坚尼五人，此外碌碌余子，其不借大统领之地位而能传其名于历史上，殆无一人也。呜呼！距今不过数十年耳，试问全地球中，谁复知博克（一八四五至一八四九年之大统领）、皮阿士（一八五三至一八五七年之大统领）之为何如人者？亦谁复欲知其为何如人者？故以百余年来英国大宰相与美国大统领比较，英则有维廉、鳖特、小鳖特、惠灵顿、罗拔、比儿巴、马斯顿、格兰斯顿、的士黎里、沙士勃雷，皆可称世界历史上第一流人物。求诸美国，足与颉颃者惟彼五人（遮化臣、格兰德尚稍有惭色）。嘻！咄咄怪事，孰有过此？

一流人物不入政界

若此者，其理由何在乎？英人占士布利斯所著《美国政治论》，书中言之特详，且深中症结。兹节译之：

第一，美国第一流人物，多不肯投身于政治界也（此事之原因，布利斯别有详论）。

第二，美国之国势及其宪法所规定，非必须非常之才，始足以当此任也。如彼英国之大宰相，总揽立法、行政两大权，故必须有左右群众之雄辩，有案画大政策、创制大法律之能力，始克堪此。若美国大统领，则不能参列于国会，不能妄演说于公众之前，不能提出议案于两院，不能以别种手段扩张其势力于立法部。故大统领之在平时，不过一奉行成法之长吏而已，与寻常一公司之总办，其职务正相等。故勤慎敏直之人，即可当此职而有余；而远虑博识、雄才大略，非所必需也。

第三，美国自建国以来，于专制武断政体，深恶痛绝。此等脑识，传数百年，入人最深。其所最惧者，若克林威尔、拿破仑等人物，滥用其权力，驯变为僭主专制政体也。故以华盛顿初次就任时，犹且谤议沸腾，谓其妄自尊大，欲拟英王。故第二次满任时，华盛顿决避嫌引退。其后格兰德在任时，舆论亦以其功名太盛，部卒爱戴，谤妒之言，横生叠见。故美国之大统领，非特不必要第一流人物而已，抑且不欲要第一流人物，此美人之僻性使然也。

党派之私选举之弊

第四，英杰之士，多友亦多敌，此常理也。今当两政党竞争选举之时，各指定一人为候补者；彼通例不肯用其党中第一等人，而惟用第二三等以下之人。何以故？彼第一等人久已著名，为万众所具瞻，而任事愈多者，其授人以可攻之隙亦必愈多。当其竞争剧烈之时，甲党对于乙党之候补者，攻击每不遗余力。往往将其平生行谊，毛举以相指摘。枫秀于林，风则摧之。故英杰之士，不利于候补；毋宁举无咎无誉之辈之较有成算也。是则党派之私见为之也。

第五，且美国人有两重爱国心，一曰爱合众之国，二曰爱本省之国。彼等各以大统领出于其省，为一省之名誉。又以为本省人为大统领，其所以谋本省之利益者必更周也。故甲省之票，投诸以举乙省人者甚稀。故各党指定其候补人之时，常校其籍贯，务取之于大省。若纽约省选举大统领有三十六票，滨士温尼亚省（按：即费尔特费所在）有三十一票，伊鲁女士省（按：即芝加高所在）有三十票，阿海和省有二十三票，若温门省、埒埃仑省则仅各四票，的拉华省、柯利根省则仅各三票（按：

美国选大统领用间接选举法，故每省只有此数）；然则其候补人出于纽约与出于柯利根，其得票之数相去必悬绝矣。故陬澨之乡，虽英俊不能以自达；冲要之邑，虽庸材反得以成名。亦党派之意见为之也。

大统领与候补者

要而论之，大统领自大统领，候补者自候补者。良大统领，未必为良候补者；良候补者，未必为良大统领。昔一名士求为大统领而自荐于友人曰："诸君当知以余为大统领则甚良，以余为大统领候补者则甚劣。"当时传诵以为名言。痛乎哉！美国党人之意见也。与其求得良大统领也，毋宁求得良候补者之为急。盖为国家百年之大计，事未可知；而为一党目前之利害，则选举一失败，而此四年间本党已蟠屈而不可得伸矣。（按：大统领任期四年）故其所兢兢研究之问题曰：将由何道而使本党之选举获胜利而已。噫！此大统领所以不得人才，而共和政体之所以有流弊也。

高才之士多不愿为

第六，不宁惟是，高才之士，亦多有不自愿为大统领者。盖任期只有四年或八年，任满之后，欲再投身于政界，大有所困难也。各部之次等行政官固非所欲，欲入于上下议院，则本省各有常员，不易出缺。且曾居高位，为十手十目所指示，不免授敌党以可攻之隙。在本党中，则当其在任时，党员之请谒，势不能尽如其意，相憾者亦复不少。故以罢任大统领而望再举为议员，是殆必不可得之数也。不宁惟是，罢职之后，欲营别业，从事于辩护、商务等，非惟损名誉也，又辱国体。故退职之大统领，几无一业可就。非生计素裕，甚或罹冻馁之忧。故人之不甚乐就此职也，亦宜。（按：国家待退职大统领之法，此亦美国多年一大问题也。昔罗马共和政时代，其退职之"康士"，皆为上议院议员。盖以其名誉阅历，深有补于政界也。此实良法美意也，奈美国则其势万不能行。盖美国上院议员代表一省，每省之员数相均，各二人。今若以退职大统领加入之，则甲省多一人，而乙省之妒嫉将起，此其所以不能行也。）

党派中之一傀儡　流弊

案布氏所论，可谓穷形尽相矣。准是以谈，则大统领者，殆不免为党派中之一傀儡，其废置一在党中策士之手。既傀儡矣，则其好用庸才也亦宜。

难者曰：若英国亦非无党派，何故其大宰相不用傀儡？曰，其情实不同也。英国党派之胜败，于选举议员时决之；美国党派之胜败，于选举大统领时决之。英国但求党员在议院中占多数耳，既占多数，则其党魁自得为大宰相而莫与争；故所争者，非在宰相其人也。美国反是，胜败之机，专在一着，夫安得不于此兢兢也。夫美国争总统之弊，岂直此而已，其他种种黑暗情状，不可枚举。吾游美国，而深叹共和政体，实不如君主立宪者之流弊少而运用灵也。若夫中美、南美诸国，每当选举时，必杀人流血以相从事者，更自郐无讥矣！（党派之以大统领为傀儡者，盖大统领有任用官吏之权。苟新任者与前任者异党，则一国之官吏，将尽行易人。新大统领对于举主，不能不为特别之酬劳。昔加弗以三月就任大统领，以七月被刺死。有记其事者谓，此五月中，加弗除应酬求官者之外，别无他事云。其奴隶于党派，可概见矣。自文官任用法改正后，此弊稍减。）

虽然，大统领之好用庸材，此惟在太平时为然耳。彼美国人者，固非于国之利害与党之利害，尽倒置其轻重者也。彼以为在平时则大统领虽庸才，而非有所大害于国，故利用之以为党谋。其谋私益也，以不侵公益之范围为界也。（于公益非无所损，但以比较的言之，未为甚耳。）一旦有事，则各能诎小群以伸大群，忍小害以防大害。故南北战争之前，能用林肯其人者。放奴义举，其成功不徒在林肯，而国民能任用林肯，实其足以致成之道也。今者万国比邻，外竞日剧，美国方汲汲然扩张其帝国政略于新大陆以外，势不能不戴雄才大略者以为一国之元首。故最近两大统领麦氏、卢氏，皆一世伟人也。吾知自今以往，若博克，若皮阿士之徒，断无望滥竽斯职焉矣。

二十三

美国无首都　华盛顿非全国中心

美国有最奇者一事，曰无首都是已。华盛顿美之首都也，曷云无之？曰：吾之所谓首都者，谓全国中各种权力之集中点也。若英之有伦敦，法之有巴黎，德之有柏林，奥之有维也纳，意之有罗马，俄之有彼得堡，日本之有东京；举国中人口最多者此地也，财力最厚者此地也，商务最胜者此地也，工业最繁者此地也，富豪权势之人最乐居者此地也，最大学校之所在者此地也，最大新闻纸发行者此地也；一国中政治势力之源泉在是，学问智识之源泉在是，财富通输之源泉在是；国中诸地，万海朝宗，归集于此一点，复由此一点以分布于诸方，如血轮之在心房然：是之谓首都。若此者求诸美国中，何地足以当之乎？将曰华盛顿乎？以最近之统计，其人口仅二十七万八千余人，黑人居三之一焉；与诸市府比较，班在第十五。其社会之交际，仅议员、官吏、外国公使等耳，大商业家不在是，大文学家不在是，大美术家不在是，大工场、大新闻不在是，其不足以当此名，昭昭然也。

其他各地亦非是

将曰纽约乎？纽约诚人口最多、财力最厚、商务最盛、工业最繁之地也。虽然，其在政治上，除选举大统领投票占多数外，无一毫特别之势力。（此亦指纽约省耳，非指纽约市也。）实业上之伟人虽多，而文学上之伟人殊少。其新闻纸诚最良最广销者也，然究为纽约之新闻纸，以视伦敦巴黎之一国新闻纸自固有间。故纽约非首都。将曰费尔特费乎？波士顿乎？当独立时，此两地虽几有此资格，而今则无有也。将曰芝加高乎？圣路易乎？此两地将来之发达虽不可限，然充其量固无以逾纽约明甚也。若是乎美国洵无首都，且殆将终无首都也。

又不徒全国为然也，于各省亦有然。政治之中心点，与社会之中心点，常不相合并，是美国之特色也。纽约省总督所在，阿尔拔尼也，而非纽约。滨士温尼省总督所在，哈利士卜也，而非费尔特费。伊里女士省总督所在，士庇灵弗也，而非芝加高。加罅宽尼省总督所在，沙加免图也，而非旧金山。阿海和省总督所在，哥仑布士也，而非先丝拿打。柯利根省总督所在，西林也，而非钵仑。自余各省，大率类是。以吾侪外国人之眼观之，实千万不可思议。

造成此现象之原因

美国以何因缘而无首都？由自然耶？由人造耶？此问题吾犹未能断之，大率两者各与有力焉。若华盛顿，则全由人造者也。彼自其始未尝不可择一繁盛之都市，若波士顿若费尔特费者以为首善，但以各省互相嫉妒，且大市府竞争剧烈，虑其于政治上起骚扰，故避之而宅于一林莽未辟之地。故华盛顿者，在美国诸省中，不属于一省，别以七十英方里之地，自名哥林比亚，为联邦政府之直隶。（略与我顺天府不属于各省者同，而其性质微异。）此所谓由人造者也。其余亦有由天然者，若纽约省当独立以前，阿尔拔尼市之繁盛实过于纽约市。后此以交通大开，其商业中心点随而移动，而政府所在尚未易也。（如我中国直隶省会本在保定，通商以后忽移于天津；但我则政治枢纽随之而移，彼则尚仍其旧耳。）其余他省，亦有类此者。此所谓由天然者也。

凡殖民地之现象，往往如是。如英属加拿大最繁盛之市为满地可，而其政府国会乃在阿图和。澳州初为联邦时，维多利省与鸟修威省争联邦之首都，卒乃于两省之界，划一瓯脱而建置焉，是亦美之华盛顿也。

中国之情况

除美国外，其无首都之国，当惟中国。中国之北京，本有完全首都之资格者也，近则势力已渐坠落。其政治上之权，多分散于各疆吏。学术思想界之权，当乾嘉间，悉萃于北京，今翩其反矣，若夫商工业则更不足道。以将来之趋势测之，则上海骏骏乎有将为中国首都之势。夫至以上海为首都，则亦列国公共殖民地之首都，而非复我之首都矣，一叹！

华盛顿人无选举权

余在美时，有西教士杜威者偶为余言曰：华盛顿市民无选举权。余初闻大骇愕，及察之，信也，此真一怪现象也。考美国例，有所谓某省某省之市民（citizen），而无所谓合众国之市民。（外人欲入美籍者必入某省籍，得省籍而国籍亦同时俱得矣；若欲竟入国籍，则无从入也。）市民者，选举权所从出也。哥仑比亚（即合众国直隶华盛顿所在地）无市民，则华盛顿人无市民权也亦宜。虽然，此则真普天下立宪国之所无矣。（华盛顿市民欲求选举者，则各归其本省求之，盖各有原籍故也。）

欧洲、日本诸立宪国，其选举区与被选举人，常不相属。甲地之人，可以运动乙地以竞选举，甚自由也。惟美国不然，此省之票，决不投彼省人；彼市之票，决不投此市人。此亦美国与诸国相异处也。此皆由联邦政治，各自保其邦之权利然也。

不投身政界之理由

前引布利斯言，谓美国第一流人物，不肯投身政界。此其理由究何在乎？请毕布氏说。

"第一，则以无首都故。彼欧洲各国政治中心点所在，即职业中心点所在。故如英法之政治家在伦敦巴黎，一面运动国事，一面仍照常操其职业。美则不然，苟欲为联邦政治家（如国会议员之类），势不得不别家乡抛职业以居于幽静之华盛顿，非人情所甚欲故也。

"第二，欧洲诸国国会中数百议员，位置甚宽，欲得之者可以到处游说，以求选举，此地不得，去而之他。美国则诸省诸市各举其土著人。若己之选举区，本党党员候补者之额已满，则更无术可以阑入，若必阑入，则出于内竞耳。故其得为议员也，视他国为较难。怀才之士，不欲作鸡虫之争，盖亦为此。

与欧洲不同之点

"第三，美国政界之大问题，不如欧洲之多。欧洲政界所屡演之大话剧，则外交政略问题也，改正宪法问题也，宗教问题也。此三者，美国皆无之。所余者，惟货币问题、关税问题等一二大事耳。故奇才异能之士，往往不屑厝意也。

"第四，欧洲百年来争竞最剧者，则地主富豪家压抑下等贫民，而贫民亦日思上进，以迫彼辈也。一则欲保守其特别之权利，一则欲争其应享之权利，咸思舌战于议会，以决胜负，凡以为自为计也，故两阶级中，皆多产政治家。美国则建国以来，已墨守人类平等主义，除放奴问题外，更无足劳辩争者，此亦政界所以少活气也。

第一流人物不屑为

"第五，美国之立法权，由联邦议会与各省议会分掌之，各有其权限。如外交、关税诸问题，则属于联邦，社会改良、慈善事业诸问题，则属于各省。以分之，故其范围遂狭。政治家入联邦政界，则不能为本省有所尽，入本省政界，又不能为联邦有所图。故第一流之经世家，为功名心所驱迫者，以其地小不足以回旋也，故望望然去之。

"第六，欧洲各国凡在政界得意之人，其于社会交际，常得特别之名誉利益。美国则万民平等，虽大统领犹一市民，故慕虚荣家不趋焉。

"第七，美国人欲求出身之路，与其入政界也，宁入实业界。盖以无尽之富源，新辟之地利，怀抱利器之士，投身于商业、工业、矿业、铁路，可以数年之间，起蓬荜而埒王侯。故美国当今第一流人物，咸愿为所谓铁路大王、煤油大王、钢铁大王、托辣斯大王者，而不屑在'喀别德儿'中争一座位也。"

以上所论，真有特识，观此则美国社会之情状，可睹一斑焉，故并译之。

二十四

宪法杂纪

美国宪法，自一七八七年九月十七日制定，凡七章二十条。一七九一年十二月十五日修正十条，一七九八年一月八日修正十一条，一八六四年九月二十五日修正十二条，一八六八年七月二十八日修正十四条，一八七〇年三月三十日修正十五条，即现行宪法是也。立宪以来，凡修正者五次，然大致不异于其初。

上议院代表各省。每省二人，由各省立法部（即省议会）派遣，任期六年。每六年改选其三分之一。现时总数九十员。

下议员代表个人。各选举区以人口疏密定员数多少，任期二年。现时总数三百五十余。

行政权在大统领。大统领以下有政府，今举政府各员如下：

大统领

副大统领（兼上议院议长）

国务大臣

户部大臣

兵部大臣

检事总长

邮运总监

海军大臣

农务大臣

大统领年俸五万元，自副大统领至农务大臣各年俸八千元，上下院议员各年俸五千元（皆美金）。政府各员，任期皆以四年，如大统领。

余旅美十月，其最闲静者，则在华盛顿四日间也。除访卢氏、海氏外，更不见客。晚间惟使馆中一二旧友，及留学生诸君，来寓纵谈。此地华人甚希，且无维新会，应酬殊希。尽日游览，各名胜遍历矣。

十八日晚返纽约。

由纽约至费城

二十五

费城访独立厅

五月二十一日，由纽约至费尔特费（华人通省称费城）。

费城者，独立时代国会所在地，现今第三位大市府也。人口共一百二十九万三千六百九十七人，华人约三千余。有维新会新开，会员约华民全额之半。

至费城演说后，所最关心者则访独立厅也，二十二日晨兴造焉。

厅两层，上有阁，悃朴质素，百年前风也。

门外地石嵌一铜碑，盖林肯尝立此演说云。

门外铸华盛顿铜像一。

入门左侧一堂，即千七百八十七年会议宪法处也。陈旧椅七张，围以铁链。中一椅，华盛顿所坐也。华盛顿时为议长。余六椅，则哈弥儿顿，遮化臣诸人所坐，皆标名椅旁。当时各代表人签名所用之笔及墨水壶等，皆宝存焉。

李鸿章坐华盛顿椅

闻李合肥来游时，必欲一坐华盛顿所坐之椅。阍人曰："自国父去后无坐者。"合肥曰我偏尔尔，阍者难拒，卒破例许之云。此老作此态，何居？

堂上悬遗像数十通，皆当时会议宪法各省代表人也。

出堂登楼，楼梯下瓯脱处置破钟焉，即所谓"自由钟"者是也。

自由钟出游

余将至费城前数日，读新闻纸，忽报自由钟出游。余嗒然谓何无缘也。及钟归之后一日而余至。钟之出游，波土顿迎之也，以五十万金作保证云。

缘梯而上以至楼上之堂，满壁皆画像。自殖民时代至独立时代之先民凡数百通，不能悉记，内英前王前后遗像亦与焉。其当中最大之像为维廉滨，盖滨士温尼省（即费城所属之省）之殖民，自滨始也（即以其名名省）。滨父母之像皆在。

楼上西堂，为一七七六年宣传独立檄文处，原草稿存焉。余购其影本一张，十七省代表人之签名皆备。

楼板新加一层于其上覆之，惧刜伤旧板也。中空尺许，覆以玻璃，使游客窥旧迹一斑焉。

独立战争伤兵血迹

东堂为华盛顿慰恤伤兵处，时伤者皆界至此堂，狼籍满地云。今旧楼，中尚见。斑斑血点。

东堂置维廉滨所用之几及书案，皆初殖民时自英携来者，几为滨母所手织云。

华盛顿母像与维廉滨母像，同悬一龛，皆蔼然仁人也。

有维廉滨当时与红印度土人买地之质剂，及土人所馈维廉滨物品十数事。滨待土人最宽，土人德之，卒以辟滨士全省云。

余徘徊摩挲一时许，向阍人购买纪念物数十种归。

二十六

费城历史上遗迹尚多，惜余在彼时日匆促，未能遍探。二十三日往观海军造船所，美国第一军港也。

对外侵略扩张海军

美国昔持非战主义，故海军之建设为日甚浅。一八九五年以前，殆微末不足道。今则形势一变，以武断主义为对内政策，以侵略主义为对外政策，至是扩张海军一事，为国家百年大计矣。闻美国今年一九〇三年海军扩张豫算八百四十万元（美金），与昨年比较实增加四十万。以此趋势，岁岁进步，则其凌德法驾英俄之日，亦当不在远耳。

美国海军之嚆矢

考美国海军发达史，当以现任大统领卢斯福氏为功首矣。当一八一二年与英国争战时，及一八六一年南北之役，海战之绩，良不可没。然殆如曾文正之长江水师，置之今日，值一噱耳。迨一八七〇年前后，参将马韩氏大声疾呼，言经营海军之为急（美国人之注意东方问题自马韩氏之著书始），然举国目笑存之，莫以为意也。一八八二年，卢氏奉职海军省，著一书，极言：美国现在之海军，非旧式老朽之艨艟，即新造劣等之艋舴，我国民举其国防托诸此等之手，其危险实不可思议云云。卢氏大文学家也，其词剀切透达，足以动人，民渐倾听，舆论一变。至一八九〇年，海军省乃设海军军政局，提出军舰扩张案于国会，得其协赞，是为美国有海军之嚆矢。

美国军舰之参列于世界海军团，自一八九五年始也。其时德开凿恺沙维廉运河，动工之际，各国军舰参贺于德之奇尔港，美国二舰至焉：

（舰名）	（进水年）	（排水量）	（马力）	（速力）
纽约	1890 年	8,200	17,401	21
哥林比亚	1890 年	7,375	18,509	22.8

美国军舰出海自兹役，不过七年前事耳。其时新式战舰，美国无一焉。据最近之海军报告，则美国所属十二战舰，皆一八九五年以后所新造。惟"印地安拿"、"马沙诸些"、"柯利根"三艘，以一八九三年进水，然九五年以前未供公用也。其十二舰中，内五只排水量各一万六千吨，现方制造，不日落成，成后则美国海军之位置跃进矣。要而论

之，则谓一八九五年为美国海军之新纪元可也。

西班牙战役时期

及一八九九年，西班牙战役起，美国海军在散地哥、马尼剌等处连战连捷，声价顿增，而国民海军热亦渐盛。考其时美国之海军力，则：

一等战舰	四只
二等战舰	一只
装甲海防舰	七只
装甲巡洋舰	二只
保障甲巡洋舰	十八只
小巡洋舰及炮舰	十八只
水雷舰	十八只

1903 年之海军实力

以视五年前奇尔港会操时，洵一日千里之进步矣。近两年来，其计画日益扩张。据本年（一九〇三年）统计年鉴，美国最近之海军力如下表：

（军舰种类）	（现在）	（制造将成）	（预备制造）
一等战舰	六	五	二
二等战舰	六	……	……
三等战舰	……	……	……
四等战舰	一	……	……

装甲巡洋舰	……	九	二
摩尼特尔舰	十	……	一
四等巡洋舰	二	……	……
五等巡洋舰	一	……	……
六等巡洋舰	十一	……	……
七等巡洋舰	七	……	六
炮舰	二十	……	一
灭水雷舰	二十	九	二
水雷船	二十四	……	……
潜水雷船	八	……	……

卢斯福氏当一八九九年尝演说云：

卢斯福鼓吹海军

我国民非好战者，若事势相迫于不得已之时，不战则已，战则不可不期于必胜。而在今日世界大势，战之胜败。必以海军之优劣为衡。苟海军不完，则不论我国民之富力进步何若，智力进步何若，其失败可计日而待也。故扩张海军者，我今日爱国之国民，所当每饭不忘也。

今年其在芝加高演说亦云（参观第二十一节）：

见兔顾犬则无及矣

（前略）两年以来，我海军突飞进步。鄙人所以为国民庆者，莫大于是。吾深谢前议会之诸君子，赐我同胞以九艘之大战舰，且许增加海军将校及其兵员，俾平时练习得宜，一旦有事，可以扬国威于海外。此之功德，我国民终不可谖者也。诸君当知军舰者，最精细、最复杂之一种大机械也。故制造之非以数年之岁月，不能为功。且将校及水兵之训练，尤非咄嗟可办。苟当国际破裂兵戈相见时，而始为见兔顾犬之计，既无及矣。试观近世之战事，其终局皆甚速，然则开战以后，决无复余裕以为制舰练将之预备。苟尔者，非直愚而失计，且罪恶莫甚焉。何也？以其驱无罪之民肝脑涂地，而且以辱国也。夫西班牙之役，吾国人在马尼剌及散地哥所奏凯歌，国民咸艳称之。而其所以得此之由，则十五年前之经营之为之也。吾侪深颂吾海军将校之伟业，吾尤不得不深谢我国之公人（按：指政府及议员等），与夫造船厂厂主及各铁工也。何以故？一八九八年荣誉之战胜，皆受彼等之赐故。抑吾更有一言，余之欲我国有庞大之海军也，非为战争计也，以此为平和之保证而已。若吾果能得有力之海军而继续之扩充之乎，则敢信我国将来之国难，必永远销息。而海外诸国，更无复能与吾门罗主义争轻重者。诸君请悬此以验吾言。

（按：卢氏此次演题本为门罗主义，故末节并及之）

列国海军比较

此论者在二十年前为卢氏一人之私言，在今日则已成全国之舆论矣。美国对外政略之变化，于此益可见。

更据统计年鉴所列列国海军比较表，则其等第如下：

国名	铁甲舰		非铁甲舰		总　计	
	只数	吨数	只数	吨数	只数	吨数
英国	63	750,200	483	751,818	546	1401,018
法国	54	481,294	316	172,648	370	590,942
德国	35	240,001	170	142,714	205	382,715
俄国	32	267,416	188	83,984	220	251,400
美国	24	177,174	87	107,513	116	284,687

呜呼！"门罗主义所向无敌"，"门罗主义所向无敌"，岂其将以之向欧洲而行门罗主义之正反对耶？而汲汲焉何为？我同胞一念之。

美国人反对军备

卢氏此次演说又云："即我陆军之宜增设者亦久矣，而蹉跎以至今日。夫以拥七千余万自由民之大国，置十万以上之常备兵，抑亦微乎末矣。而论者犹或惧以此故，危及共和政体之前途，其亦过虑之甚矣。"云云。以此可见美国人对于兵备之猜忌，其旧谬见至今未泯。而识时之士，所以哓舌瘄口，谆谆以此相劝勉者，其亦可得已之言也。伯伦知理谓共和政体不适于今后之竞争，信然信然。虽然美国国论今固大变矣。

费城之制造汽车机器厂为全世界第一，余往观矣。

二十五日返纽约。

由纽约至波地摩、必珠卜

二十七

美国第六大都会

闰月初四日，由纽约启行而西，复至费尔特费两宿焉，应该地维新会之大会议也。

初六日往波地摩，美国第六大都会也，属美利仑省，人口五十万八千九百五十七，华人约六百余，未有维新会。余至演说一晚，会遂成。迫于他地之期约，不能少留。

初七日至必珠卜，行汽车十七点钟。

必珠卜者，美国第十一大都会也，属滨士温尼亚省（与费城同省，一极东，一极西也），人口三十二万一千六百十六人。以人口与富率平均比

较，全国中以此市为第一云。华人六百余，维新会
已开，余留市一来复。

必珠卜者，钢铁大王卡匿奇之老营也，其大钢
铁公司在焉。满市皆机器厂，烟囱如林，煤气成
雾，有烟市（Smoke Town）之目。市甚炎热，而
无穿白衣，盖不半日而素化为缁也。

钢铁大王

卡匿奇为现今美国第一富豪。然其所以为世模
范者，不在其能聚财，而在其能散财。彼常语人
曰："积资产以遗子孙，大丈夫之耻辱也。"于是定
计，将其有五万万美金之财产，务于生前悉散之，
分布于社会之自助者，务使得其所，毋失其宜。彼
近年来之苦心，皆在于是。彼尝言大集者必当大
散，集之固不易，散之亦良难。于是有好事某大药
房之主人，作八百万部美丽之小册子，记卡氏小传
及其财产总数，而颁之于美国，募人投票，论卡匿
奇当用何法以散其财于公益事业。于是应募投书者
凡四万六千通，其类别如下：

| 自请赠与者 | 12,246 |
| 请赠与于别人者 | 2,268 |

请施送此药房之药以济世者	5,296
请助教会传道事业者	2,044
请施救贫民者	1,526
请捐助癫狂院者	341
请施恤南非战死之孤儿寡妇者	1,458
请投诸殖民事业者	332
请用以养老人者	1,320
请为工人建模范家宅者	278
请以设医院者	709
请赠少年子弟为资本者	277
请施入孤寡院者	651
请设立学校者	264
请捐印度济饥者	629
请给家宅与鳏寡孤独者	248
劝卡氏让财产于其女者	509
请代偿国债者	237
请给家宅与老人及废疾者	403
请为美国预备战费者	236
请给家宅与贫民者	393
请建设图书馆者	204
请捐助俱乐部者	389
其他	7,760

散财产

当此投票纷纷骚扰之时，卡氏乃始着手处置其财产。计数年来，设必珠卜工业大学捐五千万元，纽约市图书馆一千万元，纽约以外美国诸市之图书馆凡一千万元，必珠卜图书馆及工人救恤费一千万元，都合捐出八千万元以上云。

卡氏虽常助金钱于种种团体，然始终未尝一助教会，未尝一助政治运动。

卡氏不助不自助者。彼常言曰："自发心欲上梯子者，从后助之可也。若不欲上者，虽助之亦不得上，徒令其受堕落之苦而已。是非益之，却害之也。"云云。

卡氏出身寒微，自其幼时未尝得受相当之教育，惟恃在公立图书馆中得种种之智识。故卡氏以图书馆为慈善事业之第一，倾全力以助之。余所至各市，无不见有卡氏所立图书馆者。虽日本所设立，彼亦资助数处云。惟其善果未一播于中国，殆岂中国人无自助力，不足邀卡氏之助耶？噫！

独立纪念日

余至必珠卜时，卡氏往欧洲，惜未得见。

十一日，即西历七月四日，百二十七年前美国宣告独立之日也。以财赋最盛之奥区，行举国最大之祝典，其盛况可想矣。余不能殚述之，且羞述之。有诗两章：

此是君家第几回？地平弹指见楼台。
巍巍国老陪儿戏，得得军歌入酒杯。
十里星旗连旭日，万家红爆隐惊雷。
谁怜孤馆临渊客，凭陟升皇泪满腮。

寻思百廿年前事，穆穆神山不可望。
拚使军前化猿鹤，岂闻闾左有蝴蟑。
成功自是人权贵，创业终由道力强。
予欲无言君记取，勃黎遗教十三章。

（殖民初祖勃黎福，有共产自治团体规则十三章，皆德育要领，至今美人宝焉。勃黎福实以一讲学大师，开此宏业者也。）

二十八

太平洋海底电线

美国太平洋海电告成，即以独立纪念日举行通信祝典。我太平洋彼岸人当此，其感更何如。

　　昔英国诗圣索士比亚作梦游仙吟有句云："吾有宝带兮，以四十分钟一周地球。"此实三百年前理想家之一寓言耳。岂期物换星移，物质文明之发达，不可思议。我辈生此二十世纪者，竟人人皆得以至微末之代价，利用彼索士比亚之宝带而有余。嘻！不亦异哉，不亦伟哉！

　　此宝带之出现，始自千八百五十年英吉利海峡之设置海电，及至本世纪之第二三年，英国之太平洋海电、美国之太平洋海电先后竣工，而全带乃成。英国之线，则自加拿大属之域多利经佛安宁岛、菲支岛、那儿福克岛而达于澳洲之比里斯宾市终焉，以一九〇二年完成。美国之线，则自旧金山经夏威夷岛之汉挪路卢，再经蔑德威岛、嘉谟岛，至菲律宾之马尼刺终焉。其旧金山至夏威夷间之线，以本年西历元旦告成。其夏威夷至菲律宾间之线，即此次所成者是也。

十二分钟绕地球

　　七月五日，必珠卜报载四日之夕十点五十时，大统领卢斯福在纽约电报总局发一电于菲律宾总督达富特氏。（文曰："祝美国太平洋海电之开通，并颂贵督及菲人民起居万福。”）迨十一点二十分，达富特氏之覆电已至。（文甚长，凡百五十余言，并有求美国政府轻减菲律宾生产品进口税之语。）此祝电既发后，大统领更发一电贺海电局总办麦奇氏，即在本局发电，令绕地球一周而复还本局。麦奇氏亲见监督发电（文曰："贺太平洋海电之成功，并代全国民敬谢足下之先君子及足下"），实其夜十一点二十三分也。麦奇氏自揣环地球一周，大约历一点钟可以复还，心急之极，自持时表注视长短针之运行，怵息以待。忽然电机跃动，举局之人环集争睹，随现随写，视之正大统领祝电也，距发信时不过十二分钟耳。彼时麦奇氏之得意，真有万乘不易者。

此电经行之路，则由纽约经大陆出旧金山，由旧金山即用此新海电经夏威夷岛、蔼德威岛、嘉谟岛至马尼剌，更由马尼剌接英国海电至香港，复由香港经西贡、新嘉坡、槟榔屿、马德拉士、摩尔达（地中海）、志布罗尔达、利士般（葡萄牙）达于亚佐士群岛（大西洋），再由彼循美国海电复返于纽约云。

环球之电报线路

麦奇氏既接此祝电，复致一覆电于卢斯福。此次之电，改由大西洋发，循前此欧洲与东方通行之旧线至马尼剌，复由马尼剌用新海电至旧金山，经美洲大陆复还纽约。发电时十一点五十五分，接电时十二点四分三十秒，相距仅九分零三十秒云。呜呼！人巧之夺天工，至此而极。

今举其经行之里数如下：

（电线路）	（英里数）
自纽约至旧金山（大陆电线）	3,650
自旧金山至汉挪路卢	2,100
自汉挪路卢至蔑德威岛	1,200
自蔑德威岛至嘉谟岛	2,150
自嘉谟岛至马尼剌	1,500
自马尼剌至香港	400
自香港至西贡	750
自西贡至新加坡	600
自新加坡至马德拉士	1,550
自马德拉士至孟买（印度陆线）	500
自孟买至亚丁峡	1,700
自亚丁峡至亚历山德利亚	2,300

自亚历山德利亚至利士般	2,490
自利士般至亚佐士群岛	1,170
自亚佐士至纽约	2,650
总计	24,660

世界进化不可思议

其距离之远如此，而以十二分至九分之短时刻，瞬息相接，嘻！伟观矣哉！回忆大西洋海电初议建设之时，实在千八百五十八年，而历数次之失败，直至千八百六十六年，始获就绪。曾几何时，今则大西洋上之电线已十六条，而亘世界大半之太平洋，亦同时而成二线。世界之进化，真不可思议。

美国之势力范围

《纽约太阳报》曾论美国与太平洋海电之关系云：美国之电报，前此全恃大西洋传来；倘或偶有事变，大西洋海电稍生窒碍，则美国与世界全部，无一地可以交通，其危险莫甚焉。且也世界之大势，日趋于泰东。今吾美既得夏威夷、菲律宾，以东方诸国为吾市场，非在东方得一最迅速最直接最确实之交通机关，则事事将落人后。前此华盛顿政府与马尼剌之交通也，由迂回辽远之电路，当外国干涉之冲，虽幸而未尝遇意外之变，借或有焉，何以御之？故海电告成之日，即美国在东方势力范围始稳固之日也，云云。由此观之，美人之注热诚以欢迎此海电也，亦宜。

抑吾更有一言，四十六年以前，纽约之人口，不过七十万，及今乃一跃而至三百余万。虽其他种原因尚多，而自大西洋海电既通以后，骤增突进之迹，历历不可诬矣。然则此太平洋海电开通以后，东亚之纽约殆将出现，此亦推理而可征者矣。我国民若能利用之，其助我文明进步之速率，又岂浅鲜？而惜乎锦绣江山，他人入室，吾又安忍言哉！

〔附记〕西七月二十五日芝加高电局改正电报价目表，摘录如下：

芝加高至汉那路卢　　　每字 0.44（俱记美国银，下同。）

芝加高至蔑德威　　　每字 0.69

芝加高至嘉谟　　　每字 0.94

芝加高至菲律宾岛　　　每字 1.14

芝加高至香港　　　每字 1.19

芝加高至中国　　　每字 1.19

芝加高至澳门　　　每字 1.29

芝加高至日本　　　　　　每字 1.50

前此由芝加高发电至中国每字电费一元六角，今减四角一分云。

美国诸市工价之昂　以必珠卜为最。华人在此者，照例仍以洗衣工为独一无二之职业。以此贱工，而每来复所入，自美金十七元乃至二十二元。视内地候补道一局差，优之远矣。

十四日行。

二十九

先丝拿打

闰五月十四日，由必珠卜首途之纽柯连，道经先丝拿打，被邦人絷留焉，一宿行。

先丝拿打者，美国第十大都会。属阿海和省，人口三十二万五千九百〇二人，华人九十余。市虽大，颇贫瘠，拉丁人种所麇集，文明程度远出他市下。余演说一夕，维新会成。十五日行，以溽暑节入热带地，坐汽车竟日，如入瓮然。口占一绝：

> 黄沙莽莽赤乌虐，炎风炙脑脑为涸。
> 乃知长宿水晶盘，三百万年无此乐。

十六日至纽柯连。

纽柯连者，美国第十二大都会，而南部之重镇也，属路易安拿省。人口二十八万七千一百〇四人，华人千余。

所谓"奴隶省"

此地西人华人之生计风俗，皆与东部绝异，至此耳目为之一新。

134

南部诸省，前此所谓"奴隶省"；而纽柯连实为之总镇。纽柯连即南部数省之撮影也。故吾至纽柯连，其特别之趣味独多。

南部诸省黑人殆三分之一，而纽柯连之比较率；恐尚不止此数。盖旧蓄奴者皆大地主，而大地主集于大都会，故奴数尤多；今虽自主，犹附著于土地也。入其市，几忘，为白亚美利加，而疑为黑亚美利加矣。

三等人

南部诸省号称为共和政体，实则至今仍寡头政体也。其人民大率可分三级：其一曰上等之白人，即南北战争以前此地之殖民贵族（亦有新自北部移来者），而掌握地方上实权者也。其人数甚少，不过十与一之比例。其二曰下等之白人。此辈当用奴时代即已来住，但其时富家以蓄奴获利，一切垦辟耕耘之业皆奴为之；此辈既不自有资本，求劳佣之业亦无所得，其生计之困难不可名状。坐是之故，更无余力以兴教育、受教育，其智识亦在水平线以下数级；其优于黑奴者，不过名义上有选举权，称自由民耳。（此在南北战争前耳，若在今日，则黑人与彼等不能轩轾。）近年来矿业、制造业渐兴，此辈之困稍苏。然其进步究缓慢，远不逮上级社会。此等人约居十之四有奇。其三则黑人。黑人自解放后，有选举权，与齐民等；然黑白之不敌，岂待论矣。黑人亦约居十之四。吾故谓南部之政治，非共和政治，而寡头政治；抑亦非寡头政治不足以靖南部也。

黑人蕃殖问题

黑人蕃殖于美国之前途，其影响将何如？此亦一问题也。千八百九十年之调查，美国黑人共七百四十七万四十人。（最近精确之调查未见闻，约近九百万云。）适居总人口十分之一。而据米因斯密之社会统计学（日本有译本）所论，有大足资研究者。即自一八六〇至一八七〇年凡十年间，黑人生产之数比前锐减；及七十至八十十年间忽骤增。计此十年，黑人每百人增加三十四人有奇，白人每百人增加二十九人有奇。及八十至九十十年间，其现象复倒置，黑人每百仅增加十三人有奇，白人每百增加二十六人有奇。三十年来，忽涨忽落，如波折然，其故果安在？

米氏对于此理由，未下解说。以鄙意度之：当初放奴时，彼等乍离其主，而未别得谋生之路，其惨苦为最甚。闻当时黑人怨林肯者甚多，曰林君虽不杀吾曹，吾曹由林君而死，情状可见一斑。其生不蕃，实由于此。及十年以后，稍稍得职业，白人晚婚而少育，黑人早婚而多育，其率之骤加也亦宜。然此不过一时耳，白人竞争力终非黑人所能敌；且近年来美国由农业国而进为工商业国，工商业之生产力更非黑人所能任。故其生计复日悴一日，而生殖力随之，乃至由三十四人而减至十三人。何其一落千丈，至于如是也？嘻！不适之种，未有不灭，此岂独黑人哉！（又统计家言，现今美国之黑人，实减百年前三之一云。）

黑人之自由为虚名

黑人之自由权，不过名义上耳，实则其状态仍与前此相去无几。现纽柯连市之黑人，非得市会之许可，不能移住他市。南部诸省，大率皆然。盖昔则一人一家之私奴，今则一市之公奴也。（中国人则不使来，黑人则不使去，咄咄怪事。）而彼等对于旧主人，亦若有恋恋不能去者。非馀恩有以结之，实馀威有以慑之也。有最可笑者一事：放奴之举，本共和党所主持也。既放之后，旧奴悉有选举权。共和党以为吾有恩于彼，必可得其助，增数百万票以制胜。孰意投票之时，黑人票之全部，悉加于合众党。盖南部之上等社会，悉为其主人者，皆合众党，而彼等不得不听其指挥也。彼奴性终古不改，可见一斑。

待黑人之私刑

美国人有一种私刑名"灵治"刑者，以待黑人。此实文明国中不可思议之一现象也。初有农夫名灵治者，一黑人触犯之，乃缚之而悬于树上，以待警吏之来；吏来至而该黑人已死，后遂袭用其名。近所通用者，则焚杀是也。每黑人有罪，不经法官，直聚众而焚之。当二十世纪光天化日之下，而有此惨无人理之举，使非余亲至美洲，苟有以此相语者，断非余之所能信也。计旅美十月，在新闻纸中见此等怪报，不下十数次。初甚骇之，及习见亦不以为怪矣。查其统计，乃知自一八八四年以来，每年行此等私刑者，殆平均百五十七次云。嘻！俄罗斯杀百数十犹太人，举天下以为暴，吾不知美与俄果何择也！

所谓文明吾知之矣

黑人之举动，亦诚有足令人愤恨者。盖彼等以得一接白人妇女之肤泽，虽九死不悔，往往于暮夜林薄中强污焉；毕，复杀之以灭口。故"灵治"之案，十有九为此云。斯固可愤也，虽然，不有有司乎？而国家于妄行"灵治"之人，不加以相当之刑罚，抑又何也？无他，人种上之成见则然耳。美国独立檄文云：凡人类皆生而自由，生而平等。彼黑人独非人类耶？呜呼！今之所谓文明者，吾知之矣。

纽柯连市湫隘嚣尘，视东方诸市几若异国。除市中一大街外，其余道路，殆与吾北京无甚差别。

市中所谓下等白人者，多西班牙及法兰西遗民。其楼屋之结构，有一种异色。土人谓余曰：此西班牙风也。其市会议堂，今犹雕西班牙国徽章焉。吾来此，可当游西班牙一次。

由纽柯连至圣路易

三十

闰五月廿五日，由纽柯连至圣路易。

圣路易，美国之第四大都会也，属迷梭里省，人口五十七万五千二百三十八人，华人约六百余，有维新会，团体甚坚。

圣路易世界博览会

明年开世界博览会于此市。其会期本在今年，以预备未完，故改订。否则余到之日，正开会时也。逸此机亦一可惜，但游会场一周，以当望梅。

会场外观之宏丽不待言，但其材料皆用细木片耳，丹漆而堊饰之，则琼楼玉宇不如也。会毕，则拉杂而摧烧之云。

北京政府所派博览会副监督黄开甲，适先余数日至，僦屋居焉，带有工人三十余名。时方溽暑，圣路易炎热尤甚。其工人皆裸体赤足，列坐门外，望比邻之游女，憨嬉而笑，大为市中恶少所不平，掷石唾面不绝，致一日数呼警吏以相弹压。呜呼！各省摊派搜刮数十万金，以贾唾骂，是亦不可以已耶！

中国商人亦自占一区于会场中，陈华品焉，今亦在建造中。发起之者，费城之维新会员也。

六月一日行。

由圣路易至芝加高

三十一

六月二日，由圣路易至芝加高。

芝加高者，美国第二大都会也，属伊里女士省。人口一百六十九万八千五百七十五人，华人三千余。维新会新成，成后一月而余至。

世界文明由东而西

余在芝加高所最感动者，则文明西渐之潮流是也。文明之起源，在小亚细亚，由巴比伦、叙利亚达于海滨之腓尼西亚，遂超地中海，开希腊，开罗马，此上世纪之事也。乃骎骎弥漫欧罗巴全陆，及于穷北。而数百年间，常向西方进行。寝假而权力中心点，专集于大西洋沿岸，此中世纪之事也。近世以来，复超海而达于大西洋彼岸之新大陆，所谓美国东部、加拿大东部一带，殖民地星罗棋布，有跨灶母国之观。凡此者，皆尽人所能道矣。此文明之传播，由海而陆，由陆而海，由海而海，由陆而陆，而其线向恒在西。证诸美国，最易见之。

城市人口之增加

当十九世纪之初，新大陆著名市府，只有纽约、费尔特费、波士顿及加拿大之满地可而已，其他无足称者。若太平洋岸一带，全为红印度土人之巢窟，固不待论。即如芝加高号称今日美国第二大都会、全世界第四大都会，其在十九世纪之上半期，犹一区区之三家村而已。岂图数十年间，遂一跃而立于此地位；此西渐之力，最彰明较著者也。今试将百年来纽约、费城、波士顿、芝加高四地人口之增进比较表列如下：

年次	纽约	费城	波士顿	芝加高
1800 年	60,000	69,000	25,000	—
1810 年	96,000	95,000	33,000	—
1320 年	124,000	113,000	43,000	—
1330 年	203,000	161,000	61,000	—
1840 年	313,000	220,000	63,000	4,500

年次	纽约	费城	波士顿	芝加高
1850 年	516,000	340,000	137,000	30,000
1860 年	814,000	568,000	178,000	109,000
1870 年	942,000	674,000	251,000	299,000
1880 年	1,207,000	847,000	363,000	503,000
1890 年	1,515,301	1,046,000	448,477	1,099,850
1900 年	3,437,202	1,293,697	560,892	1,698,575

芝加高增加最速

由此观之，美国诸市，皆岁岁进步，不待论；而其飞行绝迹者，尤莫如芝加高。当千八百三十年时，仅一林莽耳；四十年时，仅四千余人；越五十年而增一百余万人；自一八九〇至一九〇〇年十年间，复增七十万人。其进步之速，真可谓冠千古而无两也。曰：惟文明西渐之力驱迫使然故。

近年之世界博览会，一开于芝加高，再开于圣路易，皆文明西渐之表证也。越五年后至一九〇七年，又将开博览会于钵仑，则直移至太平洋岸矣。太平洋海电既成，东亚商务日益发达。十年以后，芝加高或凌驾纽约一跃而为全美第一之市府，亦意中事也。

以学界之发达论，则当二十年前，全国中真可称大学者，不过东方大西洋岸七八校耳。近则芝加高大学，骎骎有凌哈佛、驾耶路之势。而加罅宽尼省之斯丹佛、卜技利两大学，又绝足而驰。以云完备，虽不能无所让于东部；以云进步，固迥非东部之所能望也。此皆文明中心点日移于西之明证也。

初五日往观芝加高大学。吾游东部所见学校既多，虽规模甚宏大者亦若数见不鲜，然且匆匆一览，万不能悉其内容。故余屡次所观学校，其最感动者，则体操场、图书馆规模之大而已。

体操场皆建筑物，非在校外空地也。而其场中，往往有可以赛马处，可以竞船处，则其建筑之庞大可想矣。其体操器具之五光十色，不必殚述。

大学体操场图书馆

余所见各学校之图书馆，皆不设管理取书人，惟一任学生之自取而已。余颇讶之，至芝加高大学，询馆主：如此，书籍亦有失者否？答云：每年约可失二百册左右；但以此区区损失之数，而设数人以监督之，其所费更大，且使学生不便，故不为也。大抵失书之时，多在试验期之前半月，盖学生为试验而窃携去备温习，验毕复携返者亦甚多云。此可见公德之一斑。即此区区，亦东方人所学百年而不能几者也。

美国教育之事，皆由各省自行管理，非中央政府所得干涉。政府虽设有一学报长官，不过调查报告而已，故美国无国立大学，此亦一怪异之现象也。去年卡匪奇往谒卢斯福，劝立一国学于华盛顿，自认捐二千万元，以为之倡。卢斯福尚未全诺，现正在计划中，想不久可成立耶。

三十二

西贤雪地

初七日，往西贤雪地。

西贤雪地者，新立之一市也。余前在东籍中，见一段言社会主义之初祖圣西门，以欲实行此主义，故特为一队新殖民于美国。初至切市省，失败；继复至伊里女士省，成焉，然不能有所发达，但保守而已，至今犹有六十余家奉圣西门之教不变，在美国中划然为一新天地云云。余未至美，即欲访之。及至芝加高，闻人称西贤雪地者颇与相类，因迳访焉。

新创立之宗教

至则非是，乃一"宗教界之拿破仑"新创之市也。其人名杜威，本澳洲人，十三年前移住于美国。其宗教与前此诸宗派大有所异，自谓独契帝子之微言，排斥异己，不遗余力。而其魔术，尚有一端足以耸听者，彼窃比耶稣，以祈祷疗病，不用医药，亦往往有奇效。故教士与医生皆衔之极至。闻其至美十三年，凡被讼者千余次，下狱十四次云。初至时无一徒党，今有七十余万人，且遍地球各国无处无之（上海亦有），其教会公款至千数百万金以上云，洵一奇才也。

教主杜威所建城市

西贤雪地者，仅一年半以前所成立。杜氏欲聚其教徒，成一地上之天国。因自相地得此，以一百万元购之，遂辟新市。仅一年半，而市民已有二万余，现来者尚接踵，但土木不能速就耳。盖彼教不许吸烟饮酒，入其市犯此者课罚二十五元，故工人就之者希云。市内惟有一商店，百物俱备。惟有一旅馆，以供寄居者。其余百端事业，皆独一无二。其断绝竞争，实行干涉，颇有类社会主义者。余初至时，甚疑其为该党人之实行，细询乃觉不类。盖其市中，惟土地及两大工厂、一银行属公有财产，其余各种事业仍归各私人，惟无同业之竞争而已。实亦非强禁之，彼辈自好尔尔也。其租税惟有所得税之一项。无论执何业者，以其所得什之一归教会。故教会之富，岁增不可纪极。

其市一种亲爱、清明、肃穆之气，实有令人起敬者。据市中人言，立市以来，年余未尝有一次之讼狱。以二万余人麋居一市者，年余而讼狱不一见，亦真可谓异数矣。

余至匆匆数点钟，即返芝加高，盖相距几一时许也。是日杜威不在市，未见之。及暮彼归，闻余至，乃大惊，飞电来芝加高，务请再一临，使彼尽地主谊。余既奇其人，亦欲一见，初七日再往焉。

杜威之欢迎　迷信治病

至则杜威以军乐迎于驿站，导至其家，款待殷勤，不可名状。其人美髯鹤立，目光闪人，一望而知为一大人物也。是夕彼请余至其教堂演说，听众六千余。彼言现在教堂之宏敞（专指容众之多），在全世界中，此为第二云。余演说后，杜威自演三时许，其音之雄壮，余生平所未闻也。辩才亦横绝一世，其所以起平地而成此大业，盖有由也。彼演说毕，语余曰："吾将以上帝之能力示足下。"余静听之。彼呼于众曰："诸君中谁是曾经有病为上帝疗治得愈者，请起立。"众起立者过半。余思之，彼若与其人作弊以诳余，岂能尽数千人甘心为其作伪之奴隶，此必真事也。度生理学与心理学，有一种特别之关系，现今未能尽发明者。而迷信之极，其效往往能致此。此亦非可骇之事，前上海某教会所译治心免病法一书，固略言之耳，但彼益实行之而见效耳。彼则以为非己之能，皆上帝之力。故其徒咸信之，谓为"先知"（旧约全书谓耶稣以前诸贤皆先知）复生云。顾吾所最不解者，彼教会中下等社会人固多，其上等社会亦不少。余在彼所见某甲则芝加高大学教授，某乙则法学博士，某丙则医学博士，某丁则芝加高国民银行总理。凡此辈者，皆非易被魔惑之人，而何以竟信之若是？其人之材略，必有大过人矣。现彼日日辟新市，闻今年又将在太平洋岸开一第二之西贤雪地云，其教徒殆每月以几何级数增加。窃意此人如不死，十年以后，其势力必占美国一大部分，请悬吾言以俟之。

野心勃勃

此人野心勃勃，大有并吞宇内之概。现四处行其教，明年元旦即复起行往英国，欲开第三之西贤雪地于欧洲云。其竭诚尽敬以欢迎我也，凡欲借我为扩张势力于中国之地也。彼运动我入其教，且明言之，谓十年以内，必有一西贤雪地见于中国云。吾信其力能致是。使其致是，则洵大可畏。此君之魔力，不可思议。吾谓现今全美国，惟摩尔根与彼两英雄耳。

彼之教理亦有大可佩者。畴昔景教者流，皆言末日审判时，善者、信者永生极乐，恶者、不信者永死沉沦。杜氏谓不然，上帝无使人永死沉沦之理。今之恶者、不信者，特机缘未熟，迷而不返耳；要其善根固在，至末日审判时，虽以极恶之人，一睹上帝之灵光，亦必大彻大悟。至彼时，终得与善信者同立于平等之地位。盖上帝之条，本重悔改。悔改者，前恶尽消也，云云。此其义与佛教大乘法全合。所谓一切众生皆成佛，即其义也。此亦杜氏独到处，宜其有以立足也。此人或为第二之马丁路得亦未可知。顾吾终觉其权术过于道力耳。

三十三

大屠兽场

芝加高之大屠兽场（实托辣斯），称世界第一。余往观之，内职工九千余人。一豕之所产出物品，凡百三十余种。一牛所产出物品，凡百四十余种。
该总理语余云，诸兽所不能利用之部分，惟屠杀时
所失之呼吸气而已。其副产物（见前论托辣斯章）
之所值，视正产物（即牛肉、豕肉之类）四倍有余
云。一点钟内可屠三百五十余牛，自縶屠以至装罐
一切妥毕。

芝加高旧博览会，现留存一座以为纪念。余往
游之。内所藏希腊、罗马古迹之模范品甚多。

芝加高之公园，风景冠绝全美，盖湖沼多，以
水胜也。"林肯公园"清幽殊绝，"华盛顿公园"前
临墨西哥湖；有气吞云梦波撼岳阳之概。余绝爱
之。尝往游，忽遇暴风雨，登湖楼凭眺，白马吼
突，海天无际，真壮观也。成一诗：

黑风吹浪鱼龙舞，白日沉天鹰隼豪。
何意迷漫金粉地，登楼犹见广陵涛。

十三日行。

由芝加高至汶天拿省

三十四

大北铁路

六月十四日，至恳士雪地。

恳士雪地者，美国第二十二大都会也，人口十六万三千七百五十二人，华人约二百，维新会早成。余至此仅一宿，演说以外，不能多有所观察。

十五日晚，由恳士雪地起行，北迤入汶天拿省，乘大北铁路之汽车行。

具远识怀大略之人　工程最艰巨之铁路
世界农业最善之区

大北铁路者，亦美国近十余年来之进步一大关系也。其东方起点自米尼梭达省之圣保罗市（此市亦有维新会，华人百余，余以匆遽未及至），横贯南北，达哥他省、汶天拿省、华盛顿省以达于太平洋岸之舍路市，线长六千余英里。现新大陆之铁路中，除加拿大太平洋铁路外，以此路为最长。而在美国境内，则此为第一也。自十五年前，此诸省者皆一望林莽，兽蹄鸟迹相交错，时或有一二红印度人持石镢、手钻燧相与出没而已。以美国东南部一带富源尚未尽辟，资本家惟择已开之地日相争竞，而此西北一带，莫或过问。时则有一英雄曰占士比儿，具远识，怀大略，谓此荒弃之地利，实足为美国前途增无限势力，汲汲谋拓殖者有年。虽然，比儿固窭人子，衣食尚不自给。年二十余，尚在密士瑟必河畔为一挑夫，每日得一二元之工价，仅以饷其口。以勤慎之故，渐升为一铁路公司之代理人，如是者二十年。至千八百七十五年间，彼乃发表其意见，谓自圣保罗至舍路筑一大铁路，（一）可以辟无穷之宝藏，为一国前途之大利；（二）可以通美国东西两部，使联络日固；（三）可以与东洋航路衔接，为扩张美国势力于东方之地步。虽然，以蒙茸林莽、人迹不到之地，投数千万金之资本，寻常无经验之人所最怖也。且其时之比儿氏，人微言轻，不足以动众。其独立之资本，又不克任。于是闻者皆目笑存之，如是者又十余年。而比氏气不少衰，日日运动，渐至耸一世观听。直至千八百八十七年，而此大铁路之计画乃实行，阅五年而路成。美国诸铁路中，其工事之艰难，殆莫过于此路。其所经过者，有全洲最大之落机山，有大森林，有大湖沼，穿无数之大隧道；与积雪战，与坚冰战，与酷日战，与瘴雾战，与猛兽战，与土蛮战，乃至与饥渴战，与死亡战，其工程之几中止者屡矣。比儿氏卒以坚忍不拔之力，冒万苦，排万难，以底于成。嘻，亦伟人哉！铁路一成，而数万年来鸿荒黑暗之天地，遂放大光明。至是而此数千里之荒原，不十年间，而千数之大村落、百数之大都市，弹指涌现。岁岁产七千万石以上之小麦，供给世界市场；其余物产亦称是。至今全世界农业制度最完美之区，惟此为称首。而比儿氏在此诸省中，其受崇拜也，几与华盛顿同，尊之曰："大北之父"（华盛顿有国父之称）。嘻，岂不亦人杰哉！余在汽车中，见有"大北铁路历史"一书（美国各汽车中皆有图书室），穷日之力读之，觉其关系如此其雄深，其人物如此其伟大，故记其崖略如右。

大北铁路之经营日益庞，今复造世界第一大之汽船，以握太平洋航路之权，其影响于我中国者最大，下章更论之。

十六日，至比令士，演说，一晚行。

十八日，至笠荣士顿，演说，两晚行。此两地皆属汶天拿省。

汶天拿省人数不过二千余，分属十余市，而维新会发达最盛，有会所之市十二焉。余不能尽历，惟至比令士、笠荣士顿、表雪地、气连拿数市。附近各市之同志，皆走集相见。

落机山中浴温泉

笠荣士顿为全美国最高之都市，盖在落机大山之半麓矣。余至是适患小恙，同人劝浴于温泉。泉距笠市二十余里，落机深处也。风景幽绝，尘念顿消。余浴三日行，得诗数章：

名山穆穆日如年，独步长歌复醉眠。
亦是兹游一奇绝，落机深处浴温泉。

泻潭飞瀑何太急，栖壑片云长自闲。
安得风尘弃我去，年年携酒看青山。

九万里中得三日，二十年间此一回。

猛忆过去未来事，清明肤寸现灵台。

全世界第一大公园

落机山中有黄石园者，周遭八百里，实全世界第一大公园也，闻奇景最多。有种种定期之喷泉，或一日喷一回，或一日喷三四回，或隔日喷一回，或一来复喷一回，或一月喷一回，皆有定期，靡差靡忒。园中熊最多，皆驯扰不犯游客。园中禁射猎，每岁只有半岁可游（余日积雪）。由联邦政府派兵一小队守卫之。游客不得携枪械。惟今年总统卢斯福来游，曾破例许猎一熊以归云。园距笠市仅半日程，惟往游非半月不能探其胜，余无此暇晷，仅购影画数十枚，当卧游耳。

待华人最酷之城市

廿二日到表雪地，华人六百余，甚瘠苦，多以西人餐馆为业。数年前，工党用强制手段，不许西人就食于华人餐馆，固此损失甚巨，全市为之寂寥。此事屡以国际交涉，提出于美政府，莫能伸也。全美中待华人最酷者，此市为第一。

廿六日到气连拿，实汶天拿省之省会也。华人六百余，以军乐相迎，极一时之盛。至夕，其总督来相访，颇殷勤。总督士蔑氏，良喜华人。此市与表雪地相距不过百余里，而吾民之舒戚迥殊矣。

华人组织联卫部

汶天拿省人虽少，而维新会之开最早，且最普及。其中热诚之士数辈，坚苦刻厉，令人肃然起敬。

汶天拿省以西人最相凌侮，故维新会别立一联卫部，专贮积公款，为相周相救之用，法甚密，意甚美，现各属多有踵效者。

廿八日，为今上万寿节，在汶天拿省遥祝焉。附近各市，皆各出代表人至，一同庆祝，且议本属各支会改良进步之法。

廿九日行。

三十五

廿九日，至博奇梯拉。余本不欲下车，有乡人数辈苦相邀，乃一宿焉。此地华人百余，有维新会。有会员而无会所，余匆匆演说一次，亦未能睹其成。

红印度人

此市红印度人最多，政府设法保护之，免俾绝种，每来复颁食一次焉。余至日，适遇颁食之期。全市阗塞。其衣皆红绿两色，为种种式样以文其身，各以一木箱负其婴儿。诡形殊状，见所未见，亦一眼福也。

灭种之历史

当维廉滨初至美时，滨士温尼省之土人，殆二十余万云。其余东部各省亦称是。其总数虽不可全考，史家谓总在三四百万以上云。观殖民时代与欧洲人种之血战，可见一斑矣。十七世纪之中叶，土酋有名腓力者，骁勇绝伦，统率诸部与白种为难。各殖民地乃设总会于波士顿，共商捍御之法，则其势力之大可想。其后英法七年战争，法人亦勾连土人大扰英属地。即华盛顿之将略，始亦以攻剿土人著者也。是时新英兰附近诸地，土人如织。乃曾几何时，至今落机山以东，无复一土巢矣。余行半年，走万里，欲求一遗民之迹不可得见。据千八百九十年统计，谓全国今尚有二十四万八千二百五十三人云，率皆被迫逐窜于西部。今则西部亦日辟，深山大泽，悉化廛市，无复寸土以容此辈。今此十三年间之锐减，又不知若何？要而言之，若三十年后再游美国，欲见红印度人之状态，惟索诸于博物院中之绘塑而已。优胜劣败之现象，其酷烈乃至是耶？君子观此，肤粟股栗矣。

三十日至片利顿，博奇梯拉、片利顿同属埃的荷省。片利顿华人约五百，有维新会。

维新会以军乐欢迎

七月初一日至碧架雪地，华人百余，吾族人居三之一。有维新会，甚巩固。亦以军乐迎，会所遍结电灯焉。

初三日至贝市雪地，华人四百余，有维新会，亦以军乐相迎。余至是飞信前途诸市，属毋以军乐，实不克当，且耗费无益也。

初五日至抓李抓罉，属华盛顿省，亦西部一新兴市也。华人将及千，有维新会，开会甚早，而团体最固，至可钦敬。此市华人多从事农业及饮食店，光景颇佳。白人则俄罗斯移住者甚多云。

以上诸市，皆匆匆税驾，不能有所观察，笔记甚略。

三十六

康同璧来美游学

初八日至舍路。舍路者，华盛顿省第一大都会，而太平洋岸重要之港口也。大北铁路以此为终点，日本邮船会社之太平洋线亦以此为终点。日本人在美国者以此市为最多，华人亦约三千。美国境内维新会之开，以此市为嚆矢云。康同璧女士与家弟启勋同来美游学，适至此市，相见甚欢。

余至舍路所最感者，莫如大北铁路公司之经营东亚政策，今略记之：

余甚陋，不知世界。自庚子年由印度楞伽岛航澳洲，乘英国P.&C.公司之船总容积九千吨者，余喜愕不知所为。又从该岛港口见德国公司船容积一万一千吨者，余愈喜愈愕。去年见美国航太平洋之"高丽""西伯利亚"两船寄泊横滨，闻其容积一万八千吨，余愈喜愈愕。今次游美，矢愿附之；而船期适不合，往来皆相左，余滋憾焉。顷到美国，乃复闻有大北轮船公司造绝大汽船之事。

大北轮船公司

大北轮船公司者，大北铁路公司之子孙也。初，美国西北一带，长林蔓草，人迹杳绝。自千八百七十九年，有占士比儿者，始排万难，以建一横绝大陆之铁路。自是美国太平洋北岸一带日趋繁盛，遂辟今之柯利根、华盛顿两省；而此铁路公司，亦享莫大之利益。至于今年，乃益为垄断太平洋航权之策，造绝大之汽船，以往来于中国美国日本之间。自一年前，已在美国东方造船公司定制姊妹船二艘，其一名"弥奈梭达"者，以本年四月十二日竣工，明年（一九〇四年）元旦自华盛顿省之舍路港起航云。其他一艘尚未命名，约以明年四月竣工，而将来办理获利之后，尚拟更造多艘云。据钵仑市之《北美丛报》所记，则：

世界空前第一大船

"弥奈梭达"船长六百三十英尺，幅七十三英尺，吃水三十六尺半英尺，排水量三万七千吨。内容一等客位百五十人，二等、三等客位各百人，下等客位一千人，除外仍可容军队一千二百人，船中职役人等三百人，共容二千八百五十人。载货物二万吨外，尚容煤七千吨，速度一万一千匹马力。现在世界中商船之大，此为第一。

商战舞台之中心

二十世纪之世界，商战世界也。而商战之胜败，惟视其在泰东市场（即中国及东亚诸国）所占之地位何如，此又尽人所同认也。自千八百六十九年，苏彝士运河开通之后，欧亚之距离虽已缩短，然以视美国之由太平洋直达者，其利便仍远有所不逮。今略比较之：则从欧洲经苏彝士河东来者，以法国之马赛起计，到香港凡七九〇二海里，到马尼剌凡七九〇六海里，到上海凡八七五八海里，到横滨凡九四七六海里。若由美洲渡太平洋而来，以旧金山起计，到香港凡六〇八七海里，到马尼剌凡六二五四海里，到上海凡五五五〇海里，到横滨凡四五六四海里。然则美国之地势，已占世界商战上优胜之位置明甚矣。而前此太平洋航业所以未甚发达者，则有三故：其一，由美国之力尚未膨胀于外也。其二，由东亚诸国之贸易尚属幼稚也。而犹有第三端焉，则以太平洋海程太远，中间无贮煤港以为之接济，故当启轮以前，应用之煤必须备足，载煤多而载货之余地自少，故其逊于苏彝士航线一着者以此。

商战不得不用大船

以故欲以太平洋线航利压制他线者，势不得不用大船。非以其洋之大而然也，盖其船必容三千吨以上之煤而不觉其太多，然后可以利用太平洋。查十年来海运发达史，当千八百九十二年，全世界中四千吨以上之船凡二百六十六，八千吨以上之船凡八；至千九百年，四千吨以上之船凡八百十二，八千吨以上之船凡六十四。船舶容积之增大，与商战之进步，最有关系焉。然此，即太平洋飞跃之先声也。

苏彝士与太平洋

窃尝论之，将来太平洋航业发达日盛，则苏彝士运河之地位必将一变，而其势力亦大有所减。何以言之？试观近年来欧亚间之邮政，已不由苏彝士而由太平洋。彼苏彝士通航之船非不密也，而顾若此者，迟速之异也。夫自欧洲各都市经苏彝士以达亚东，至速亦须三十二日。若由大西洋逾美大陆道太平洋而来，则柏林以九日，巴黎以八日，伦敦以七日，即可达纽约；纽约以四日零三点钟达旧金山；旧金山至上海，若以每点钟行十七海里之船，则十六日可达。邮政之舍彼就此，盖有由也。故使太平洋之航业，有大船以发达之，则将来不惟于邮政为然，于货物亦然。盖商战者，以白圭之勇、庆忌之捷而制胜者也。人之乐去迟而就速，势也。况苏彝士河之经过，必须纳税，平均每吨在三元以上，久为商家之所苦乎。以此言之，则今者大北轮船公司之计划，可谓扼天下之吭而拊其胸。将来此轮船之成效日增，即彼大北铁路之进步日盛，占士比儿亦可称近世商界之小拿破仑哉！

吾国人于实业思想，毫未发达。闻吾喋喋论

此，不隐几而卧者希矣。虽然，此太平洋上之航权，实我国应染指者也。而以吾招商局开设四十年，曾无丝毫之远虑。而其余商人，亦更无有起而图之者，吾侪亦复何颜以责备政府耶？吾记此，吾有馀悲，吾犹有馀望云尔。

在舍路三日行。

三十七

钵仑盛会

十二日至钵仑。钵仑属柯利根省，亦太平洋岸一要港也，华人约五千，维新会最盛，西北部诸市以为总镇。余将至，钵仑会中特号召各市出代表人来赴会，至者廿余市，一时称极盛焉。余在市数日，日接见同志，于他事观察殊少。

美国之巴拿马政策　公法不可恃

在钵仑读新闻纸，忽见巴拿马市民宣告独立之事，仅三日而美国公认之，此实向来革命时代国际史所未闻也。越两来复，而美国政府遂与巴拿马革命政府结条约，以巴拿马运河开凿之权让于美国，而美政府以金二百万镑为报酬，且每年以金五万镑给巴拿马新政府，约遂定。于是哥仑比亚政府责言焉（哥仑比亚国者，巴拿马旧所属也）。国务大臣约翰海氏覆牒曰：若哥仑比亚必欲破此条约（按：指运河条约），则或至破两国之国交，恐我议会不复能附于哥仑比亚，相为亲友，云云。国际上用语，其傲慢无礼，至是而极。美国与哥仑比亚，虽有大小强弱之殊，以国际法论之，固皆对等之独立国也。使哥仑比亚以此施诸美，美人将何以待之？若今之哥仑比亚，则吞声泣血而已。俾士麦曰：公法不可恃，所恃者惟赤血耳，黑铁耳。吾观于美国对于巴拿马之政策，欷歔累日而不能自禁也。

　　昔英相的士黎里，以一夕秘密之交涉，遂举五千万苏彝士运河之股票，从埃及王室之手，而移诸英国政府之手。当时全欧震动，谓为神奇。今次约翰海之敏腕，毋乃类是？呜呼，强权世界之外交家，可畏哉，可畏哉！

　　英自收苏彝士河股份票，而英霸东方之局遂定。美自得巴拿马开凿权，而美霸东方之局亦遂定。以二千万易此最高之地位，天下古今之物品，其代价之廉，当未有过此者。

哀哉巴拿马

今者名义上，巴拿马为一独立国，且为万国公保之中立地。但其实际如何，不待知者而决也。美之巴拿马，犹英之埃及也。余至日本，余乃见吾国革命家所出之报纸，讴歌巴拿马革命者，不可胜数。金曰：吾同胞何不如巴拿马！吾同胞其学巴拿马！呜呼，吾同胞而欲学巴拿马也，则亦何难之有？新政府之岁给，尚可以什伯倍于五万镑，吾敢断之。

在钵仑读旧金山华文报纸，知有我领事馆一随员谭某，为西美国警吏辱殴自戕之事，余深为国体痛，作輓诗三章（稿不存，其一首不复记忆）：

丈夫可死不可辱，想见同胞尚武魂。
只惜轰轰好男子，不教流血到樱门。

国权堕落嗟何及，来日方长亦可哀。
变到沙虫已天幸，惊心还有劫余灰。

八月初三日，行。

由钵仑至旧金山

三十八

旧金山之华人最多

八月初五日，由钵仑至旧金山。

旧金山本名三藩兰斯士哥，日本人通译作桑港，华人呼以今名，属加罅宽尼省，美国现今第九大都会，而华人最多之地也。人口三十四万二千七百八十二人，华人约二万七八千之间。维新会成立最早，注籍会员者约万人。余至时，以军乐欢迎，盛况更过纽约，感谢无量。

华人的长处和短处

吾以为欲观华人之性质在世界上占何等位置，莫如在旧金山。何以故？内地无外人之比较，不足以见我之长短，故在内地不如在外洋。外洋华人所至之地，亦分两大类：一曰白人少而华人多者，白人为特别之法律以待我，如南洋诸区是也；二曰白人多而华人少者，我与彼同立于一法律之下，如美洲澳洲诸区是也。其第一类者与内地几无以异，故亦不足研究，所研究者第二类而已。第二类之中，其最大多数之所在，莫如旧金山，故吾欲以旧金山代表此问题。以吾所见，则华人所长者如下：

一、爱乡心甚盛。（即爱国心所自出也。）

二、不肯同化于外人。（即国粹主义、独立自尊之特性，建国之元气也。）

三、义侠颇重。

四、冒险耐苦。

五、勤、俭、信。（三者实生计界竞争之要具也。）

其所短者如下：

一、无政治能力。（有族民资格，而无市民资格。）

二、保守心太重。

三、无高尚之目的。

今请先叙其情状，次乃论其性质。

华人人数

余所至之市，凡二十余，其人数约如下：

纽约及其附近	约八千
哈佛	约一百
波土顿及其附近	约四千
费城	约一千
华盛顿	约五百
波地摩	约六百
必珠卜及其附近	约九百
先丝拿打	约一百
纽柯连及其附近	约一千
圣路易	约六百
芝加高及其附近	约三千余
恳士雪地	约百余
汶天拿全省	约二千
埃的荷全省	约二千
钵仑及其附近	约一万
舍路及其附近	约三千
旧金山及其附近	约三万
罗省技利	约五千

自余未至之地（所至者尚不止此数，其小埠略

之），约尚有五万余人。大约我同胞在美国者，通计不过十二万人内外。

华人职业

举其重要之职业如下：

工业 {
洗衣业……………………约四万人
渔业………………………约万余人
厨工业（僮仆业附）……约二千人
农业………………………约四千人
采矿业……………………约千人
制靴业
织帚业……………………约二千人
卷烟业
通事业……………………约五百人
}

商业 {
杂货店 {
中国杂货…约五千人（佣伙在内，下同）
日本杂货…约千余人
}
裁缝店 {
成衣（西服）……约二千人
亵服杂件（妇女所用）……约千人
}
饮食店 {
华式…………约三千余人
西式…………约二千人
}
}

商业 〔 杂 〔 医生 ·············· 约二百人
　　　　　 传教 ·············· 约二百人
　　　　　 学生 ·············· 约二百人
　　　　　 妇女 ·············· 约二千人
　　　　　 儿童 ·············· 约三千人

无业者 ·············· 约万人

以上所列，非有精确之调查，但举其概耳。

洗衣业盈利大

洗衣业实在美华人最重要之职业也，东部诸省，十有九业此。其工价最廉者，每礼拜美金八九元（约每月合华银七十元）；最昂者，每礼拜二十元（约每月合华银百六七十元）。以此至贱之业，而庸率如此其大，故趋之若鹜。

渔业惟太平洋岸诸省有之，旧金山、舍路、钵仑其大宗也，南部纽柯连亦间有。此业最苦，每年只有半年作工，其半年则坐食。其工价亦不昂，业此者其资本主皆西人，华人有一人为工头，代彼招工。工人当坐食时，常先支其工价之半额，渔毕而归，复支半额，故常仅馎其口而已。其采渔之地，或在附近海岸，或远适他岛；其最远者，乃至亚拉悉加岛云（轮船约行十一日，渔者多用帆船，往往月余。）南部渔业，则皆华人为资本主。

厨工工价最优

厨工业各地皆有，东方稍盛，在西人家中或旅馆司庖者也。其工价优于洗衣业者三之一，实最优之业也。

农业惟加罅宽尼省有之，余则甚稀。此业不如洗衣工，然颇有独立之姿。大率赁地而耕，华人自为资本主，赁地而佣数人至数十人。所种植以蔬果为大宗。

采矿业前二十年加罅宽尼最盛，今则无有矣。现惟北中部之洛士丙令等埠，南部之切市省，尚有一二，其工价甚苦云，余未至其地。又前此铁路业为华工一大宗，盖西部诸大铁路皆成于华人之手，今亦无有矣。

限制华人营业自由

制靴、卷烟、织帚三业，惟旧金山有之，他处无有。此三业前此极盛，资本主亦华人，华商以此致富者不少。后工党妒之甚，设种种法律相胁制。如吕宋烟非经政府盖印者不能出售，而政府于华工所卷者不盖印，是其例也。此等事本大悖国际私法。盖禁华工犹可言也，华工既经政府许其住美境者，而为特别之法律以夺其执业之自由，不可言也。岂有他哉？亦曰强权而已。使我政府而以民为念者，仗义执言，彼无以为难也，而惜乎非其人也。现此业日衰微，行将绝迹矣。

通事业，在小法衙中或税关或律师处为翻译者也。其工价自较寻常稍优，然此辈大率皆非端人，在各市中颇有权力，而乡人最恨之。

杂货店吸工人脂膏

中国杂货店之业，在各市中最有权力者也。其与各工人，殆有贵族与平民之关系。凡一切关于公共团体之事，皆取决焉。然绝不能与外人争利权，惟吸工人之脂膏以为养；且业此者十有九兼业赌，以生计学理论之，实分利者也。其与外国贸易，惟爆竹、草席、糖果等为大宗，丝类亦间有，茶则绝无。其输出货，洋参、面粉两项稍有之。然有外国贸易者，不过二十之一而已。

日本杂货店，则取外人之利者也。以日本磁器、漆器、丝类为主，中国杂物亦间有。其获利不能甚丰，各地皆有之。

裁缝业有二种，一为做西装外衣者，一为专用丝类做西妇里衣及约领、面巾诸杂项者。西部诸省钵仑、舍路、旧金山等处最盛，其余颇少。此业获利，亦不菲云。

李鸿章杂碎

饮食店有二种：一为华式者，东部诸省最盛，芝加高以西则无有矣。此业自李合肥至后始有之，即所谓"李鸿章杂碎"者是也。其利殊丰，他业无足以比之者。现纽约市将三百余家，波士顿、费城等市各数十家，芝加高市有一家，而投资本十万金（华银）者，陈设皆用华式，门如市焉。一为西式者，则寻常餐馆是也。华人可较西人价廉，故或在一二市为独占焉。汶天拿省、埃的荷省此业最盛，柯利根省次之，余则甚希。

王老吉凉茶

医生亦争利权之一法门也。西人有喜用华医者，故业此常足以致富。有所谓"王老吉凉茶"者，在广东每帖铜钱二文，售诸西人，或五元十元美金不等云，他可类推。然业此之人。其不解医者十八九，解者往往反不能行其业云。

传教者，各市皆有，亦衣饭碗之一端也。

学生近渐发达，下节别论之。

妇女、儿童，西部多于东部。然美洲大率皆求食而归之人，与南洋及檀香山颇异，眷属甚少也。娶西女者，亦约二十之一。

赌

无业者居一大部分，此实最怪异之现象也。此等无业者之中，其年老不能做工又不能归去者，约十一。其余壮而游手者，约十之九。（其老不能归者，前此必亦壮而游手者也。）彼等何以为业？则赌其一大宗也。在美洲之华人，几无复以业赌为耻者；谨原君子亦复为之，真可异矣。以华工所入，每人每年平均可得千金；然其能赍以返国者，不及十之一，皆赌害之也。虽然，赌亦争外利之一道。如温高华、舍路诸埠，赌客之大部分为日本人。每年贡于我者，埠各十余万。旧金山埠之番票（西人赌白鸽票者，别为赌馆以待之，与华人不相杂厕，各埠皆有），当最盛时，西人之赌金将三百万美金，今犹五十万美金云。以此等文明播诸彼国，亦无怪人之相恶焉矣。

三十九

华人会馆

华人团体最多者，度未有过于旧金山焉矣，试分类列之。

甲、公立之团体：

（一）中华会馆

（二）三邑会馆（南海、番禺，顺德）

（三）冈州会馆（新会、鹤山）

（四）宁阳会馆（新宁）

（五）合和会馆（新宁之余姓者及肇庆府属之一小部分）

（六）肇庆会馆（肇庆府属之大部分）

（七）恩开会馆（肇庆属之恩平，开平）

（八）阳和会馆（香山）

（九）人和会馆（客籍）

（十）六邑同善堂（不详其县）

自（二）至（九），是为八大会馆。

以上诸团体，皆有强制的命令的权力。凡市中之华人，必须隶属。各县之人，隶属于其县之会馆。全体之人，皆隶属于中华会馆。无有入会出会之自由，故曰公立者。

会馆之组织

八大会馆与中华会馆之关系，颇似美国各省与联邦政府之关系。美国先有各省，后乃有联邦。彼亦先有各会馆，乃有中华会馆。美国联邦政府成立后，尚加入三十余省，彼亦中华会馆成立后，加入两会馆（合和、恩开乃后加者）。美国联邦政府初建时，其财政不能独立，由各省供赋之；彼八大会馆之于"中华"亦然。质而言之，中华会馆之地位，与美国独立后、立宪前十年间（美以一七七六年独立以一七八七年立宪）费尔特费之总政府绝相类。今各会馆皆有伯里玺天德（即主席），惟中华会馆无焉。有事集议，则八主席同到。其印则八家轮掌之，经费则八会馆摊派。其大邑派一份半或两份（如三邑、宁阳、冈州之类），其小邑派一份乃至半份（如其余五家）。一切大小事，大率决于各邑之本会馆。苟非关于华人全体之利害，或甲乙两邑交涉者，不集"中华"。

会馆之财政

其会馆之财政，则：

（一）捐助　初建时有之，近则甚希。

（二）出口税　此最重要之部分也，其法；凡归国者每人须纳出口税若干于会馆，由各邑会馆派委员在船头收之，不纳者不能上船，此例盖得政府之许可云。（不纳者可呼警吏索之。）其所收或三元四元至五六元不等，由各会馆自定。惟不论所收多寡，概以一元半纳于中华会馆，此"中华"经费所由出也。此出口税惟教民抗不纳，教会别以出口票给之，而警吏许其自由云。呜呼！亦可以观世变矣。

（三）祝税及醮金　各会馆皆祀关羽，每岁课司祝者税若干，多或至万金焉。又一年或两年建醮一次，各商户各私人皆捐醮金，所捐必逾豫算之额。因存积之，以为会馆基本金。

请一读书人为主席

此其岁入之部也。其岁出之部则无定，不能详知之。其最奇者，则各会馆必在内地请一进士、举人、秀才其人者为主席是也。此费每岁例须千余美金，多或二千余。其人或三年或两年或一年满任，一语不能解，一事不能办，惟坐食而已。时或武断而鱼肉之，乡人莫之敬，莫之畏，然亦顺受也。人人知其有害无益，而莫肯改革者。此殆所谓天然之奴性，非有一人焉踞其上者而不能自安欤？

中华会馆之岁出，则以请一西人律师居其大部分，此却是不可少之事，但得其用者亦实希耳。中华会馆出口税所入不敷岁出，往往使各会馆摊派。

三邑与四邑不和

凡外洋之粤民，皆有所谓三邑、四邑者，是最怪事。所谓三邑，则南海、番禺、顺德也。所谓四邑，则新会、新宁、恩平、开平也。会、宁属广州府，恩、开属肇庆府，而会、宁之人昵其异府之恩、开，而疏其同府之南、番、顺，岂非异闻？推原其故，则言语之同异为之也（新会、新宁之语，在省会几无人能解，恩、开则甚相近）。三邑、四邑，殆如敌国，往往杀人流血，不可胜计。非直金山，即他埠亦然。呜呼！国语统一之法之不可不讲也，如是夫！

旧金山之四邑，又分为五会馆，视前表自明，其分裂之法极可笑。最奇者，则余姓又自外于新宁是也。其故皆由人多之县，不欲与他县合并；人多之姓，又不欲与他姓合并（金山最多人之县为新宁，新宁最多人之族为余氏）。比亦其无政治能力之一大徵证也，小群可合，而大群遂不能合也。

其他团体

乙、公共之慈善团体：

（一）东华医院

（二）卫良会

此皆与中华会馆同，全市所公立，不以邑姓等分者也，惟入否听人自由。

丙、商家团体：

（一）昭一公所

（二）客商会馆

初时本惟有昭一公所，创立实在各会馆以前。其目的则防同业之竞争，相与划定物价，且调停各商家种种交涉者也。后三邑、四邑相阋，于是四邑人别为客商会馆，而昭一专属于三邑，其冈州人，则分属焉。

丁、各县之慈善团体：

（一）福荫堂（南海）

（二）昌后堂（番禺）

（三）行安堂（顺德）

（四）保安堂（东莞）

（五）福善堂（香山）

（六）同德堂（新会）

（七）余庆堂（新宁）

（八）仁安堂（增城）

（九）同福堂（恩开）

尚有数家，不能尽记。

运死者骸骨归国

此等团体最奇，其目的甚简单，仅为客死于外者运骸骨归耳。葬祭之礼，本吾国所最重，此实原于宗教之习惯也。狐死首丘，亦爱国之情之一端，然愚亦甚矣。每运一骨归，动需数百金。故此类之团体，蓄积甚厚，少者数万，多者如番禺之昌后堂现存三十余万金云。其财政大率于会馆出口税带徵之。嘻！以此款兴学校，蔚然成一大学矣。

戊、族制之团体：

（团体名）	（姓别）	（团体名）	（姓别）
颖川堂	陈	荥阳堂	郑
陇西堂	李	马家公所	马
江夏堂	黄	西河堂	林
忠孝堂	梁	沛国堂	朱
庐江堂	何	胥山堂	伍
风采堂	余	清白堂	杨

（团体名）	（姓别）	（团体名）	（姓别）
彭城堂	刘	武陵堂	龚
天水堂	赵	高密堂	邓
清河堂	张	南阳堂	叶
陇西堂	关	爱莲堂	周
光裕堂	谭	安定堂	胡
三省堂	曾	宝树堂	谢

族姓团体最有力量

由是观之，以二万余人之众，而此种团体如此其多，则族制思想之深入人心，可以见矣。此种团体，在社会上有非常之大力，往往过于各会馆。盖子弟率父兄之教，人人皆认为应践之义务，神圣不可侵犯者也。故虽以疲癃之长老，能驯桀骜之少年。旧金山所以维持秩序者，惟此攸赖。

其同姓之人，相亲相爱，相周相救，视内地更切密。固他乡之感情，例应尔尔，然亦由有宗教之理想，以盾其后也。我梁氏本为粤巨族，旅人在美洲者将万焉。所至各市，忠孝堂伯叔兄弟皆为特别之欢迎，至可感也。

联族团体

族制不奇，最奇者则有所谓联族是也。今举如下：

（团体名）	（联　族）
龙冈公所	刘、关、张、赵
至德堂	吴、周、蔡
溯原堂	雷、方、邝
笃亲公所	陈、胡
昭伦公所	谭、谈、许、谢
邻德堂	卢、罗、劳
世泽堂	邓、岑、叶、白
凤伦堂	司徒、薛
中山堂	甄、汤

或尚有而为吾所未能尽知者。

此真不可思议之现象也。彼等之相亲相爱，相周相救，与同姓无以异也。彼等子弟率父兄之教，与同姓无以异也。（关氏子弟率刘氏父兄之教，吴氏子弟率周氏父兄之教，他皆类是。）推原其故，殆由小姓者为大姓者所压，不得不采联邦之制，以为防御之法。于是求之于历史上稍有相属者，则从而联之。如吴、周、蔡，盖谓同出于姬姓也。如陈、胡，盖谓同为舜后也。如邓、岑、叶、白，盖谓同为楚之名族也。

奇怪的联族法

此等之理想，颇有趣味。吾在金山演说，尝言之，谓推此等联族之思想，当知我四万万人皆同出于黄帝，既知同出于虞舜者当相亲，同出于周后稷者当相亲，曷为举同出于黄帝者而疏之？彼辈皆解颐，若深领者。然至最奇者，若刘、关、张、赵，则演义的历史之思想，以下等社会之脑识观察之，谓其非历史的焉不得也。尤奇者，若谭、谈、许、谢，以偏旁联；若卢、罗、劳，以双声联。则直是无理取闹，观此者与读野蛮人之游记同一趣味矣。

己、秘密之团体：

致公堂	保安堂	聚良堂
秉公堂	秉安堂	安益堂
瑞端堂	群贤堂	俊英堂
协英堂	昭义堂	仪英堂
协胜堂	保善社	协善堂
合胜堂	西安社	敦睦堂
萃胜堂	松石山房	安平公所
萃英堂	华亭山房	洋文政务司
保良堂	竹林山房	

三合会与致公堂

此诸团体者，实全市之蠹也。历年种种风波，皆自此起。其源盖皆同出于三合会，而流派之歧，多至如此，真可浩叹。溯咸同间，最初有所谓广德堂（四邑）、协义堂（三邑），丹山堂（香山）者，亦统名为三合堂，是为秘密结社之嚆矢。盖四五十年前，良懦之民惮于远游，其冒险往者，率皆乡曲无赖子。迨洪氏金陵溃后，其余党复以海外为尾闾。三合会之独盛，盖以此故，其后统名为致公堂。致公堂者，三合会之总名也，各埠皆有；其名亦种种不一，而皆同宗致公。虽然，致公之下，复分裂为前表所列之廿四团体者。然则致公之为致公，亦可想矣。全美国十余万人中，其挂名籍于致公者，殆十而七八。而致公堂会员中，殆无一人不别挂名于以下各团体者。致公派者，以倾满洲政府为目的者也。而其内容之腐败之轧轹，视满洲政府又十倍焉。法儒李般曰：国民之心理，无论置诸何地，皆为同一之发现，演同一之式。吾观于中国之秘密结社，而不禁长太息者矣！

以上诸团体，轧轹无已时，互相仇雠，若不共戴天者然。忽焉数团体相合为一联邦，忽焉一团体分裂为数敌国，日日以短枪，匕首相从事，每岁以是死者十数人乃至数十人，真天地间绝无仅有之现象也，痛哉！

"洋文政务司"者，本诸团体中之稍解洋语者，相结以鱼肉其本团体。故现在二十余团体，复相结与洋文政务司为仇云，是一年金山秘密党最重要之事件也。要其离合之迹，大率类是，吾不忍复道之。

保皇会

庚、文明之团体：

（一）保皇会

（二）学生会

（三）青年尚武会

（四）各教会（准文明）

（五）同源总局（准文明）

十一个总部

保皇会即中国维新会也，己亥冬始成立，有会员约万人。其组织悉依泰西文明国公党之式，为有机体之发达，与各埠相联络。近以支会太多，将美洲画为十一总部，而加罅宽尼省与居一焉。其本部总事务所，即在旧金山。今将保皇会总部之名列如下：

一、加拿大部——所属十二支会，以温高华为部长。

二、美国加罅宽尼部——所属六支会，以旧金山为部长。

三、美国西北部——所属九支会，以钵仑为部长。

四、美国东部——所属六支会，以纽约为部长。

五、美国中部——所属十三支会，以芝加高为部长。

六、美国南部——所属四支会，以纽柯连为部长。

七、美国汶天拿部——所属十二支会，以气连拿为部长。

八、墨西哥部——所属九支会，以菜苑为部长。

九、中亚美利加部——所属四支会，以巴拿马为部长。

十、南亚美利加部——所属三支会，以秘鲁之利马为部长。

十一、檀香山部——所属八支会，以汉挪路卢为部长。

都凡太平洋以东八十六支会十一总部。

学生会本内地往美留学诸君所发起，而华商子弟在学校者亦加入焉，数约七十余人。初发达未有会所，借中华会馆为议场。

青年尚武会乃新创者，会员大率皆保皇会中之少年子弟也，现不过四十余人，将来发达可望更盛。其规模略仿日本体育会，有兵式体操。

教会凡八家，照例与内地各教会同，不必多述。华人入耶稣教者约千人。

同源总局

同源总局，美产之华人所立也。其始本以争选举投票权利为目的，故亦可谓之文明。但其组织甚不完备，计旧金山之华人，有美籍者不下二千人，全国约有四五千人（未成年者亦尚多，现计殆止有三千之间）。使果能一致投票，尽可以操纵两大政党，要求种种权利，为祖国同胞吐气。就使在全国中无甚影响，若夫旧金山之市政，则可以为所欲为矣。何也？以旧金山之二千票，使全加于甲党，则乙党所弱于甲党者已二千票。二千票之势力，其左右一市也必矣。余在彼时，向同源总局会员演说，极力鼓舞之，且为之拟联合选举章程，未知将来能实行否也？现金山美籍者虽有二千人，其为同源总局会员者不过三四百，而投票时至者不满百人云。嘻，以自由权赋诸中国人，果何益哉！

以上所列，凡八种九十六之团体。其余若俱乐部等小小之结集，尚不在此数。以人口平均比例算之，则除日本东京留学生外，其团体之多，当无有及旧金山者。

九十六种不同团体

旧金山报馆之多，亦冠绝内地，今举其名：

文兴日报（保皇会机关报）

中西日报

大同日报（致公堂机关报，新立者）

华记日报

萃记报（来复报）

华洋报（同上）

以区区二万余人之市，而有报馆六家，内地人视之，能无愧死？此亦文明程度稍高之明证也。

四十

综观以上所列，则吾中国人之缺点，可得而论次矣。

宗法制度

一曰有族民资格而无市民资格。吾中国社会之组织，以家族为单位，不以个人为单位，所谓家齐而后国治是也。周代宗法之制，在今日其形式虽废，其精神犹存也。窃尝论之，西方阿利安人种之自治力，其发达固最早。即吾中国人之地方自治，宜亦不弱于彼。顾彼何以能组成一国家而我不能？则彼之所发达者市制之自治，而我所发达者族制之自治也。试游我国之乡落，其自治规模，确有不可掩者。即如吾乡，不过区区二三千人耳，而其立法行政之机关，秩然不相混。他族亦称是。若此者，宜其为建国之第一基础也。乃一游都会之地，则其状态之凌乱，不可思议矣。凡此皆能为族民不能为市民之明证也，吾游美洲而益信。彼既已脱离其乡井，以个人之资格，来住于最自由之大市，顾其所赍来，所建设者，仍舍家族制度外无他物，且其所以维持社会秩序之一部分者，仅赖此焉。此亦可见数千年之遗传，植根深厚，而为国民向导者，不可不于此三致意也。

村落思想

二曰有村落思想而无国家思想。吾闻卢斯福之演说，谓今日之美国民最急者，宜脱去村落思想，其意盖指各省各市人之爱省心爱市心而言也。然以历史上之发达观之，则美国所以能行完全之共和政者，实全恃此村落思想为之原，村落思想固未可尽非也。虽然，其发达太过度，又为建国一大阻力。此中之度量分界，非最精确之权量，不足以衡之；而我中国，则正发达过度者也。岂惟金山人为然耳？即内地亦莫不皆然；虽贤智之士，亦所不免。廉颇用赵，子房思韩，殆固有所不得已者耶！然此界不破，则欲成一巩固之帝国，盖亦难矣。

不能享自由

三曰只能受专制不能享自由。此实刍狗万物之言也，虽然，其奈实情如此，即欲掩讳，其可得耶？吾观全地球之社会，未有凌乱于旧金山之华人者。此何以故？曰自由耳。夫内地华人性质，未必有以优于金山，然在内地，犹长官所及治、父兄所及约束也。南洋华人,与内地异矣,然英荷法诸国待我甚酷,十数人以上之集会辄命解散,一切自由悉被剥夺,其严刻更过于内地,故亦戢戢焉。其真能与西人享法律上同等之自由者,则旅居美洲、澳洲之人是也。然在人少之市,其势不能成,故其弊亦不甚著。群最多之人,以同居于一自由市者,则旧金山其称首也,而其现象乃若彼。

虽有规条不能实行

有乡人为余言,旧金山华人,惟前此左庚氏任领事时,最为安谧;人无敢挟刃寻仇者,无敢聚众滋事者,无敢游手闲行者,各秘密结社皆敛迹屏息,夜户无惊,民孜孜务就职业。盖左氏授意彼市警吏,严缉之而重罚之也。及左氏去后,而故态依然。此实专制安而自由危,专制利而自由害之明证也。吾见其各会馆之规条,大率皆仿西人党会之例,甚文明,甚缜密。及观其所行,则无一不与规条相反悖。即如中华会馆者,其犹全市之总政府也。而每次议事,其所谓各会馆之主席及董事,到者不及十之一。百事废弛,莫之或问。或以小小意见,而各会馆抗不纳中华会馆之经费,中华无如何也。

国民心理

至其议事，则更有可笑者。吾尝见海外中华会馆之议事者数十处，其现象不外两端。其一则一二上流社会之有力者，言莫予违，众人唯诺而已，名为会议，实则布告也，命令也。若是者，名之为寡人专制政体。其二则所谓上流社会之人无一有力者，遇事曾不敢有所决断，各无赖少年环立于其旁，一议出则群起而噪之，而事终不得决。若是者，名之为暴民专制政体。若其因议事而相攘臂相操戈者，又数见不鲜矣。此不徒海外之会馆为然也，即内地所称公局、公所之类，何一非如是？即近年来号称新党志士者所组织之团体，所称某协会某学社者，亦何一非如是？此固万不能责诸一二人，盖一国之程度，实如是也。即李般所谓国民心理，无所往而不发现也。夫以若此之国民，而欲与之行合议制度，能耶否耶？

更观其选举，益有令人失惊者。各会馆之有主席也，以为全会馆之代表也。而其选任之也，此县与彼县争（各会馆多合同数县者）；一县之中，此姓与彼姓争；一姓之中，此乡与彼乡争；一乡之中，此房与彼房争。每当选举时，往往杀人流血者，不可胜数也。夫不过区区一会馆耳，所争者岁千余金之权利耳，其区域不过限于一两县耳。而弊端乃若此。扩而大之，其惨象宁堪设想？恐不仅如南美诸国之四年一革命而已。以若此之国民，而欲与之行选举制度，能耶否耶？

金山以外又如何？

难者将曰，此不过旧金山一市之现象而已，以汝粤山谷犷顽之民俗，律我全国，恶乎可？虽然，吾平心论之，吾未见内地人之性质，有以优于旧金山人也。吾反见其文明程度，尚远出旧金山人下也。问全国中有能以二三万人之市，容六家报馆者乎？无有也。问全国中之团体，有能草定如八大会馆章程之美备者乎？无有也。以旧金山犹如此，内地更可知矣。且即使内地人果有以优于金山人，而其所优者亦不过百步之与五十步；其无当于享受自由之资格，则一而已。夫岂无一二聪伟之士，其理想、其行谊，不让欧美之上流社会者；然仅恃此千万人中之一二人，遂可以立国乎？恃千万人中之一二人，以实行干涉主义以强其国则可也；以千万人中之一二人为例，而遂曰全国人可以自由，不可也。

多数政体之不适

夫自由云，立宪云，共和云，是多数政体之总称也。而中国之多数大多数最大多数，如是如是。故吾今若采多数政体，是无以异于自杀其国也。自由云，立宪云，共和云，如冬之葛，如夏之裘，美非不美，其如于我不适何。吾今其毋眩空华，吾今其勿圆好梦。一言以蔽之，则今日中国国民，只可以受专制，不可以享自由。吾祝吾祷，吾讴吾思，吾惟祝祷讴思我国得如管子、商君、来喀瓦士、克林威尔其人者生于今日，雷厉风行，以铁以火，陶冶锻炼吾国民二十年三十年乃至五十年，夫然后与之读卢梭之书，夫然后与之谈华盛顿之事。（以上三条，皆说明无政治能力之事。其保守心太重一端，人人共知，无俟再陈。）

根本缺点

四曰无高尚之目的。此实吾中国人根本之缺点也。均是国民也，或为大国民、强国民，或为小国民、弱国民，何也？凡人处于空间，必于一身衣食住之外，而有更大之目的。其在时间，必于现在安富尊荣之外，而有更大之目的。夫如是，乃能日有进步，缉熙于光明，否则凝滞而已，堕落而已。个人之幺匿体（单位、个体）如是，积个人以为国民，其拓都体（整位、全体）亦复如是。欧美人高尚之目的不一端，以吾测之，其最重要者，则：好美心，其一也（希腊人言德性者，以真、善、美三者为究竟。吾中国多言善而少言美，惟孔子谓韶尽美又尽善，孟子言可欲之谓善，充实之谓美，皆两者对举，此外言者甚希。以比较的论之，虽谓中国为不好美之国民可也）；社会之名誉心，其二也；宗教之未来观念，其三也。泰西精神的文明之发达，殆以此三者为根本，而吾中国皆最缺焉；故其所营营者只在一身，其所孳孳者只在现在，凝滞堕落之原因实在于是。此不徒海外人为然也，全国皆然。但吾至海外而深有所感，故论及之。此其理颇长，非今日所能毕其词也。

此外中国人性质不及西人者多端，余偶有所触辄记之，或过而忘之。今将所记者数条丛录于下，不复伦次也：

休息者人生一要件

西人每日只操作八点钟，每来复日则休息。中国商店每日晨七点开门，十一二点始歇，终日危坐店中，且来复日亦无休，而不能富于西人也。且其所操作之工，亦不能如西人之多。何也？凡人做事，最不可有倦气。终日终岁而操作焉，则必厌；厌则必倦，倦则万事堕落矣。故休息者，实人生之一要件也。中国人所以不能有高尚之目的者，亦无休息实尸其咎。

美国学校，每岁平均只读百四十日书，每日平均只读五六点钟书，而西人学业优尚于华人，亦同此理。

华人一小小商店，动辄用数人乃至十数人。西人寻常商店，惟一二人耳。大约彼一人总做我三人之工。华人非不勤，实不敏也。

来复日休息，洵美矣。每经六日之后，则有一种方新之气。人之神气清明，实以此。中国人昏浊甚矣，即不用彼之礼拜，而十日休沐之制，殆不可不行。

健康状况

试集百数十以上之华人于一会场，虽极肃穆毋哗，而必有四种声音：最多者为咳嗽声，为欠伸声，次为嚏声，次为拭鼻涕声。吾尝于演说时默听之，此四声者如连珠然，未尝断绝。又于西人演说场剧场静听之，虽数千人不闻一声。东洋汽车电车必设唾壶，唾者狼藉不绝；美国车中设唾壶者甚希，即有亦几不用。东洋汽车途间在两三点钟以上者，车中人假寐过半；美国车中虽行终日，从无一人作隐几卧。东西人种之强弱优劣可见。

迁华埠之议

旧金山西人常有迁华埠之议。盖以华埠在全市中心最得地利，故彼涎之，抑亦借口于吾人之不洁也。使馆参赞某君尝语余曰，宜发论使华人自迁之。今夫华埠之商业，非能与西人争利也，所招徕者皆华人耳。自迁他处，其招徕如故也。迁后而大加整顿之，使耳目一新，风气或可稍变；且毋使附近彼族，日日为其眼中钉，不亦可乎？不然，我不自迁，彼必有迁我之一日，及其迁而华埠散矣，云云。此亦一说也。虽然，试问能办得到否？不过一空言耳。

吐唾罚银五百元

旧金山凡街之两旁人行处（中央行车），不许吐唾，不许抛弃腐纸杂物等，犯者罚银五元。纽约电车不许吐唾，犯者罚银五百元。其贵洁如是，其厉行干涉不许自由也如是。而华人以如彼凌乱秽浊之国民，毋怪为彼等所厌。

西人行路，身无不直者，头无不昂者。吾中国则一命而伛，再命而偻，三命而俯。相对之下，真自惭形秽。

西人行路，脚步无不急者，一望而知为满市皆有业之民也，若不胜其繁忙者然。中国人则雅步雍容，鸣琚佩玉，真乃可厌。在街上远望数十丈外有中国人迎面来者，即能辨认之，不徒以其躯之短而颜之黄也。

西人数人同行者如雁群，中国人数人同行者如散鸭。

西人讲话，与一人讲，则使一人能闻之；与二人讲，则使二人能闻之；与十人讲，则使十人能闻之；与百人千人数千人讲，则使百人千人数千人能闻之；其发声之高下，皆应其度。中国则群数人坐谈于室，声或如雷；聚数千演说于堂，声或如蚊。西人坐谈，甲语未毕，乙无搀言；中国人则一堂之中，声浪稀乱，京师名士或以抢讲为方家，真可谓无秩序之极。孔子曰：不学诗，无以言；不学礼，无以立。吾友徐君勉亦云：中国人未曾会行路，未曾会讲话。真非过言。斯事虽小，可以喻大也。

中国留美学生

吾国人留学于卜技利大学者十余人，大率皆前此北洋大学堂之学生也。每来复日辄渡海来谈，联床抵足，亦一快事也。此间本有一学生会，凡姓名籍贯年岁及所在校皆备载于会籍。余携其一册，拟为此游记材料；及理丛稿时，不知何往，今不能备录，致可惜也。今就所记忆者录如下，其非自内地来者不载：

（姓名）	（籍贯）	（学校）	（所在地）	（专门）	（费别）
陈锦涛	广东南海	耶路大学	纽海文	政法数学	北洋官费
王宠惠	广东东莞	耶路大学	纽海文	法律	北洋官费
张煜全	广东南海	耶路大学	纽海文	政治	北洋官费
薛颂瀛	广东香山	卜技利大学	旧金山附近	经济	自费
王宠佑	广东东莞	卜技利大学	旧金山附近	矿务	北洋官费
陆耀廷	广东	卜技利大学	旧金山附近	工程	北洋官费
胡朝栋	广东	卜技利大学	旧金山附近		北洋官费
谭天池	广东	卜技利大学	旧金山附近	农务	游学会费
王建祖	广东	卜技利大学	旧金山附近		游学会费
吴桂龄	广东新安	斯丹佛大学	旧金山附近	电学	北洋官费

严锦镕	广东东莞	哥仑比亚大学	纽约	政法	北洋官费
徐建侯	广东香山	私立大学	纽比佛	工商	自费
章宗元	浙江鸟程	卜技利大学	旧金山		杭州官费
稽琴荪	江苏	卜技利大学	旧金山		
濮某某	浙江	卜技利大学	旧金山		
程 斗	广东香山	私立学校	芝加高		自费
程 耀	广东香山	私立学校	芝加高		自费
黄 旭	广东香山	私立学校	抓李抓鳟		自费
梁启勋	广东新会	私立学校	芝加高		自费
薛锦琴女士	广东香山	中学校	卜技利		自费
薛锦标	广东香山	中学校	卜技利		自费
康同璧女士	广东南海	高等学校	哈佛		自费
李国波	广东鹤山	中学校	费城		自费
张 谦	广东新会	中学校	费城		自费

　　以上举吾所记忆者，其余漏略尚多。复有学生会所收得报告一纸，由该会员寄赠者。

（姓名）	（籍贯）	（年岁）	（所在地）
施兆祥	浙江钱塘	二四	遏沙加
故永其	安徽桐城	二四	遏沙加
黄子静	安徽无为	二八	遏沙加
黄子静夫人	安徽无为		遏沙加
方 和	福建侯官	十九	华盛顿
孙多钰	安徽寿州	二十	华盛顿

孙元芳	安徽寿州	十九	华盛顿
孙季芳	安徽寿州	十七	华盛顿
孙裕芳	安徽寿州	十七	华盛顿
孙震芳	安徽寿州	十六	华盛顿
继　先	满洲	十七	华盛顿
陶德琨	湖北襄阳	十九	波士顿
卢静恒	湖北郧阳	十九	波士顿
姚臣宪	湖北汉阳	廿二	维布拉罕
朱启烈	湖北荆州	廿二	维布拉罕
刘庆云	湖北汉阳	廿一	遏沙加
杨恩湛	江苏武进	二十	遏沙加
张继业	湖北郧阳	二十	华盛顿
梁应麟	广东香山		
黄日升	广东香山		
梁赍圭	广东南海		
陈耀荣	广东番禹		
郑　垣	广东香山		
蔡国藻	广东香山		
容　彭	广东香山		
林　铎	广东香山		

留学生表现甚好

　　美洲游学界，大率刻苦沉实，孜孜务学，无虚嚣气，而爱国大义，日相切磋，良学风也。前北洋大学堂诸君现皆已卒业，得学位，尚皆留校研究。其余或有学级稍低者，七八年后总可皆在大学卒业云。

游学会者，北洋大学堂留学诸君所发起也，现徐君建侯为会长，谭天池、王建祖两君即该会所供养云。

关于游学之事，《美国游学指南》一编，言之详矣，兹不再赘。惟余之意见，复有数端：一曰其程度非有足以入大学之资格者不可妄去；一曰女学生不可妄去；一曰宜学实业，若工程、矿务、农商、机器之类，勿专鹜哲学、文学、政治；一曰勿眩学位之虚名，宜求实在之心得。鄙意如是，愿以还诸留学者。

加罅宽尼省两大学（卜技利、斯丹佛），进步甚速，骎骎乎有比肩东部之势。吾国游学者，来此甚便也。

斯丹佛大学校长佐顿氏邀余至其校演说，纵览一周焉。佐顿氏大才槃槃，斯丹佛之进步，皆由其力云。

偕留学诸君游卜技利大学一周，未尝惊动其校长，粗览而已。卜技利大学最壮观者为一戏园，闻仿古罗马剧场式云。上无覆瓦，而在台上演说，不须用力，而万数千之座众皆能听之。西人学校学生，常自编戏剧演之，文学上一高尚之业也。

屋岺者，旧金山之隔海，与卜技利毗连者也。华人数百，有维新会。规程严整，会中多青年向学之士，余亦往演说一次，欢迎甚盛。

由旧金山至罗省技利

四十二

九月初五日，由大埠入沙加免图。

沙加免图者，华人俗称二埠，实加罅宽尼省政府所在也。华人约六七百，维新会新成。余在此三日返旧金山，随往罗省技利，初十日至焉。

欢迎之盛以此为最

罗省者，美国第三十六大都会，而加罅宽尼省之第二大都会也。人口十万二千五百五十五，华人约四千余，维新会成立已数年，至是大扩张。各埠欢迎之盛，以此为最。盖西人特别相敬礼，余未至时，市会长预备行市民欢迎之典，以马兵一队，军乐一队，迎于驿站，市会长陪乘，先绕市一周。所至沿途，西人观者如堵，咸拍掌挥巾致敬。余亦不解其何故，惟一路脱帽还礼不迭而已。

华人之热诚，尤至可敬。以无合式之演说场，特赶盖一采楼于街心，以供演说之用。

十三日，罗省技利市举行市民欢迎典。结采于市会堂，全市名誉绅商咸集。市会长演说，言两年前一欢迎前大统领麦坚尼，一欢迎现大统领卢斯福，此为第三次云。余演说一时许，复有继续演说者。礼毕，乃赴茶会。

以菲律宾攻菲律宾

西人中有数将官最相敬礼。其一少将李氏，乃前此南北战争时著名之李将军（南军大将与格兰德将军齐名）之犹子也。其热心于中国，视吾辈殆尤甚。其一皮将军，尝在菲律宾转战二年余，健将也。彼语余云：美国人之克菲律宾，借菲人之力者居其半，盖经彼手尝练八万余之菲兵云。即以菲兵还攻菲人，英灭印度之故技也。由此观之，菲律宾之名誉，不逮波亚矣。岂东洋人之奴性，终不可免耶？皮氏又言：凡菲兵有一美人督队，则全军俱勇，否则甚怯云云。亦一奇也。

罗省华人西人皆苦留，依依不相舍。余以归期迫，留九日，遂行。

　　行经斐士那，其地华人二千余，旧未有维新会。余至演说两次，会遂成。复入显佛演说一次。二十日复返于旧金山。

归　途

四十三

九月初五日，遂自旧金山首途归亚洲。余本拟乘"高丽"轮船经檀岛西返，适高丽船开罪于檀岛之华人，我同胞与之断交通，以挟制之，故吾不便附焉。归后乃知檀人预备欢迎，意盛且厚，吾深愧无以对檀人也。遂由旧金山经屋岺、沙加免图、尾利允，钵仑、舍路，复至温高华，乘"中国皇后"船返日本。所经诸市，诸同志皆至车站，握手依依，余亦有馀恋焉，惟钵仑小住一日乃行。

余在美所见美国政俗，其感触余脑者甚多，丛稿满箧，欲理之为一美国政俗评，匆匆未能卒业，姑述其略。若夫全豹，愿以异日。

村落思想

今年美国大统领卢斯福巡行全国，所至演说，有常用之一言焉，曰"铲除村落思想"。此实美国厉行帝国主义，日趋中央集权之表徵也。然卢斯福何以断断为此言？是又美国至今日犹未能铲除村落思想之表徵也。何也？村落思想者，实美国人建国之渊源，经百余年之进化，而至今犹未能脱其范围者也。

吾侪以寻常之眼瞥观美国，见其有唯一之元首（大统领），有唯一之政府，有唯一之国会（上下议院），且也其外交上有唯一之宣战媾和订盟结约之机关，其外形与他国无所异，于是心目中惟有一联邦政府。吾侪游美国者，自旧金山上岸，经芝加高、费尔特费以达纽约，凡六七千余里，四五日汽车，然始终用同一之货币、同一之邮政，途中无税关淹滞之事，亦无复言语衣服习俗之不同，亦谓在一国内之旅行，例应如是耳。夫孰知此车声辚辚、汽烟勃勃之间，已经过十一个之共和自治国而不自知也。

合四十四国为一国

美国之政治，实世界中不可思议之政治也。何也？彼美国者，有两重之政府；而其人民，有两重之爱国心者也。质而言之，则美国者，以四十四之共和国而为一共和国也。故非深察联邦政府与各省政府之关系，则美国所以发达之迹，终不可得明。其关系奈何？譬诸建筑，先有无数之小房，其营造不同时，其结构不同式，最后乃于此小房之上为一层堂皇轮奂之大楼以翼蔽之。而小房之本体，毫无所毁灭，毫无所损伤。盖小房非恃大楼而始存立，大楼实恃小房而始存立者也。设或遇事变而大楼忽亡，则彼诸小房者，犹依然不破坏，稍加缮葺，复足以蔽风雨而有余。故各省政府，譬则小房也；联邦政府，譬则大楼也。各省政府之发生，远在联邦政府以前。虽联邦政府亡，而各省还其本来面目，复为数多之小独立自治共和国，而可以自存。此美国政治之特色，而亦共和政体所以能实行能持久之原因也。

组织美国之两原素

故他国之国家，皆以国民之一原素组织而成。美国之国家，则以国民及国民所构造之小国家凡两原素组织而成。故美国国会之两议院，各代表此两原素之一。其下议院，则代表国民也（美国宪法第一章第二节云：下议院议员每三万人以上举一人）。其上议院，则代表国民所构造之小国家也（第三节云：上议院议员自各省之立法院举出，每省二人）。

美国得自由之原因

论者动曰：美国人民离英独立而得自由。此知其一，不知其二也。谓美国人之自由，以独立后而始巩固则可。谓美国人之自由，以独立后而始发生则不可。世界无突然发生之物，故使美国人前此而无自由，断不能以一次之革命战争而得此完全无上之自由。彼法兰西，以革命求自由者也。乃一变为暴民专制，再变为帝政专制，经八十余年而犹未得如美国之自由。彼南美诸国，皆以革命求自由者也。而六七十年来，未尝有经四年无暴动者，始终为蛮酋专制政体；求如美国之自由者，更无望也。故美国之获自由，其原因必有在革命以外者，不可不察也。

行民主共和之要素

法儒卢梭言：欲行民主之制，非众小邦联结不可。德儒波伦哈克亦言：共和政体之要素有数端，而其最要者曰国境甚狭。吾观于美国，而知其信然矣。彼美国者，非徒四十四个之小共和国而已；而此各小共和国之中，又有其更小焉者存。即以新英伦海岸一带论之（新英伦者，今之马沙诸些、干捏底吉、洛爱兰、纽亨布士亚、威绵、米因六省之总名也），当时如披里门士，如沙廉，如查里士汤，各自为独立之殖民地，而不属于洛爱兰；若菩列摩士，若纽胖，若婆罗域达士，若纽海文，各自为独立之殖民地，而不属于马沙诸些及干捏底吉；诸如此类，不可枚举。自十六世纪殖民以来，即已星星点点，为许多之有机体，立法、行法、司法之制度具备焉，纯然为一政府之形。故美国之共和政体，非成于其国，而成于组织一国之诸省；又非成于其省，而成于组织一省之诸市。必知此现象者，乃可以论美国之政治，必具此现象者，乃可以效美国之政治。

四十四

联合之步骤

窃观美国建国之困难，有深可惊叹者。当殖民时代各小共和团体之分立也，其所恃以联合统一之之原质无一物；藉曰有之，不过曰同用一国语、同为英王之臣属而已。及其不堪英之虐政也，以同病相怜故，不得不协力以相抵抗。于是一七六九年，始由九殖民地各派代表人开公会于纽约；及一七七四年，复由十二殖民地各派代表人开公会于费城；翌年，十三殖民地复会议，是为联合之第一着。

虽然，当时此公会者，不过暂时设立之革命团体，其法律上之人格毫无所存也。及一七七六年，此公会宣告独立；翌年，又置一永久一致之条款；一七八一年，各殖民地之政府皆批准此款，是为联合之第二着，始略带法律上之性格。

虽然，彼时之公会，谓之为各政府之同盟体则可，谓之为一政府则不可。何也？彼各省者（即各殖民地），无大无小，皆有同一之投票权，不相统属，纯为群龙无首之气象。而此中央公会者，对于一市民，曾无有裁判权，曾无有徵税权。中央之行政机关无有也，中央之司法机关无有也，仅恃各省之捐款以充国用。而各省所捐，又皆缓怠，时或无有；至各省及其所属之市民有不奉中央公会之命令者，公会无如之何也。

不愿接受权上之权

此何以故？彼等实视公会为赘疣，甚或视之为毒物故。其所以生此妄见奈何？彼等（指各省）当抗英王而自立之时，誓不欲复戴一权力于彼所固有之权力之上，即其所自择者亦不愿戴故。故当独立军未告成功以前，此公会之指挥既已不灵。读华盛顿传，观其军中屡次兵变，公会种种不相接应，其竭蹶情形，殆可想见。及一七八三年和议成后，外患既消、而内讧乃益甚。各省或不派代表人于公会，即派者亦往往后期不至。公会毫无威力，不惟不能使人服从，亦且不能使人起敬。商业上、交通上生种种障碍，各省又或滥发不换之钞币，或以金银以外之物品为通货，举国皇皇，不知所措。

恶政府愈于无政府

故华盛顿有言：恶政府固恶也，犹愈于无政府；不图吾侪以八年血战，易此无政府之气象。其言怃乎有余痛矣。是时美国之危，间不容发，幸也。彼盎格鲁撒逊民族根基甚深，经失败之试验，遂能蟠然谋补救之方。一七八六年，五省之代表人，开会议于米里仑省之安拿坡里，谋所以整顿通商之法。遂乘此机，作一报告书，极言现时凋敝之情，及将来危险之象。遂乃倡议，以明年开大会议，再谋联合之巩固。追翌一七八七年五月十四日，遂开宪法会议于费尔特费，是为联合之第三着。

自兹以往，而美国始得谓之一国家矣。呜呼！破坏固不易，建设良亦难。以美国之本来有无数小房者，从而加一大楼于其上，而其层累曲折也尚若此。苟非有群哲之灵，与诸国民之肃，则彼美者将不亡于战败之时，而亡于战胜之后也。嘻，亦危矣！

制定宪法之困难

此次宪法会议，以华盛顿为议长，各省代表人凡五十三员，皆一时之俊也。凡经五月之久，苦心焦虑，乃以秘密会议，成彼七章二十条之宪法。论者谓此举之困难，实十倍于独立军云。其所难者，不徒在创前此所未有而已。彼离群独立之十三共和国，各有其利害，各有其习惯，地方上种种感情不能相容，彼此以恐怖嫉妒之念相见，于此而欲调和之，难莫甚焉。故哈弥儿顿（本华盛顿之书记官，联邦成后为户部大臣，当时第一流人物也，宪法草案，半成于其手）尝云："当甲兵收息之后，乃能以国民全体之同意制定宪法，实可称一异事。吾盖战战兢兢，至睹其成效，而乃稍自安"云尔。谅哉斯言！

宪法实行之困难　纽约等省之怀疑

犹幸也，此宪法成于秘密会议也。苟公议之，则今之所谓合众国者，其终不可得建。宪法草案既布之后，各省议论蜂起。以为立此强大之中央政府，则诸省之权利，与市民之自由，将从此而危。其言曰："自由将亡，我辈以血以泪从佐治第三手中所夺回之自由，将亡于其子孙之手"。曰："中央集权灭各省政府，灭地方自治。"此等舆人之诵，嚣嚣遍于国中。其最重要之省，若马沙诸些，若纽约，其反对为最力。使当时若如今日者以普通投票法取决之（现今美国若有改定宪法之事，须由全国人民投票取决），则宪法之实行，终无望耳。幸也彼时未知用此法，各省皆以其代表人决事，而所举代表人，皆适当之人物，能知大势之所向，毅然任之。时草案所定，谓此宪法经九省认可后，即便施行。而纽约省、威治尼亚省犹且徘徊迟疑，虽他九省既已公认之后，犹自恃其省分之大，良久不从，直至千七百八十八年始画诺焉。呜呼！舆论之不可恃也久矣。谁谓美国为全体人民自由建立之国？吾见其由数伟人强制而成耳。以久惯自治之美民犹且如是，其他亦可以戒矣！

四十五

四大时期

美国政治进化史，有独一无二之线路焉，即日趋于中央集权是也。语其阶级，则自初殖民以至革命会议时而进一步，至宪法成立华盛顿为大统领而进一步，至林肯为大统领、南北战争时而进一步，至麦坚尼为大统领、西班牙战争后而进一步：此其最著者也。其余百端施设，皆着着向于此而进行，不及备述。但美国支配政界之实权者，政党也。吾今请略语其政党。

两大政党之起源

美国百余年来之政治史，实最有力之两大政党权力消长史而已。两大政党何自起？即起于会议宪法时也。当会议之际，而两政见之相战已非一日。两政见者何？其一则重学家所谓离心力，其二则所谓向心力是也。盖一则务维持各省自治之势力，一则务扩张中央政府之威严，赖华盛顿之调和，宪法案乃仅得就。及华盛顿任大统领，网罗一时之贤俊，以组织内阁，而阁员之中，两派生焉：即户部大臣哈弥儿顿为集权派之魁；国务大臣（美国之国务大臣，殆如立宪君主国之首相。译其本名，则云联邦之书记也 Secretary of States，惟性质全与宰相异，其职兼掌外交）遮化臣为分权派之桀。旗鼓相当，各不相下。初次召集议院，而国会中之此两党已划然分明。及法国大革命以后，哈弥儿顿派鉴彼覆辙，益觉中央权力之不可以已，持之愈坚。遮化臣怨华盛顿之祖哈氏也，率其同志退出内阁，以各省独立、地方（按：指各省所属之市乡）独立、个人独立三大义为揭橥，号呼于国中。及华盛顿退职后，而两党之形遂成。哈氏所率者曰"萧的拉里士"党（译言联邦之意），即今之"利帕璧力根"党是也；遮氏所率者曰"利帕璧力根"党（译言共和之意），即今之"丹们奇勒"党（译言民主之意）是也。是为美国有政党之始。

两轮双翼缺一不可

质而论之，则遮党者自由之木铎也，而哈党者秩序之保障也。此两义之在政治界，如车之两轮、鸟之双翼，缺一不可。而美国卒以此两者之相竞争、相节制、相调和，遂以成今日之治。而国民对于此两党之感情，亦随时为转移。当遮氏之初退出内阁也，热心鼓吹其自由主义，民多听之。时以华盛顿左袒哈氏之故，乃至谤言云起，昔也尊之曰国父，今乃嘲之曰国之继父云，其激烈可见一斑矣。（附注：华盛顿实不偏于两党，当时敌党以嫉哈氏，故波及之耳。）虽然，哈党之根据地，在新英兰诸省，为美国最有势力之地；且承华盛顿之教，民思慕之。故华盛顿八年退任之后，继任者为约翰亚丹，实哈党也。

执政二十四年

及千八百年选举之际，遮化臣以其辩才及其伎俩，卒能被举为大统领（哈弥儿顿副焉），复再举，共任八年。退职后，其党人马丁逊继之者八年，门罗复继之者八年。于是凡二十四年间，政权归于利帕璧力根党。而弗的拉里士党一八一〇，一八一四年间累失败，以失败而遂至灭亡。虽然，利帕璧力根党之所以能独占政权，非其才力之果能如是，实缘萧的拉里士党失其首领，而后此无复英才足以继之也。（附注：当遮化臣再任大统领时，其党人有名布尔者，妒哈弥儿顿之能，乃挑之决斗，遂毙哈氏，全美国无不痛惜，此实美国政党史不可磨灭之耻辱也。呜呼！以最文明最自治之美国民，犹有此等举动，完全民政成立之难如是耶？）至是，而美之政党一衰。

第二次出现两党

凡生息于自由政体之下之国民，其万不能无政党者，势也。故旧党一灭，而新党直随之而生。至千八百三十年，复有两党者起。一曰丹们奇勒党，即受持旧利帕璧力根党之主义者也。一曰利帕璧力根党，即受持旧萧的拉里士党之主义也。其时所争者，为奴隶问题。南方诸奴隶省皆丹党，北方诸自由省多利党，而丹党复制胜者十余年。及千八百六十年之选举，丹党南北分裂，内讧以争候补者。于是利党乘此机，举林肯为大统领，至此而哈弥儿顿之灵魂始复继续，利党之势披靡全国。而南方十一省，遂相率脱联邦以谋自立，遂有南北之战。而此两大政党及其党名，遂继续以至今日。

集权？分权？

要而论之，则美国建国以来之历史，可中分之。其上半期为地方分治党得意时代，其下半期为中央集权党得意时代。虽然，尚有一事宜注意者，即遮化臣派所揭橥之主义，谓节制中央政府之权力也。然及其得政也，固亦知集权之不可以已，且决为有利而无害。故彼党柄政数十年间，人民此等僻见亦渐化去。至林肯时，而全局已大定。两政党所争者，已非复国权省权之问题矣。此后所争者，则自由关税、保护关税，其一也。用金、用银，其二也。侵略主义、平和主义，其三也。此皆南北战争以后之大问题也。自林肯以还，其党势力继续以至于今（中间虽亦有十数年政归丹党者，然总可谓之利党时代）。近今之麦坚尼、卢斯福，皆利帕璧力根党员也。

利党之大多数为资本家，丹党之大多数为劳动社会。现今之美国，对于内而实行干涉主义，对于外而实行帝国主义，皆利帕璧力根党之最新政策，抑亦其最旧政策也。盖自哈弥儿顿以来，其精神传于今日者，殆相一贯也。二十世纪之天地，纯为十九世纪之反动力。所谓自由、平等之口头禅，已匿迹于一隅。吾料利帕璧力根之党势，正未艾也。

四十六

美国政治家之贪黩

美国政治家之贪黩，此地球万国所共闻也。吾昔求其故而不可得，今至美，悉心研究此问题，质诸彼地之口碑，参以书报之论断，今所略发明者如下：

政治家多中下才

凡认报国之义务以投身于政治界者，各国中固亦有其人矣，虽然凤毛麟角，万不得一焉。其余大多数，则皆有所利而为之者也。其所利若何？则社交上之特权，其最歆者也。而此物固非美国之所能有，其最可歆之一端已失矣。而彼美国之政治都会，与职业都会常分离。一国之首都与各省之首府，皆在一僻陋之小市。苟投身于政治，势不能兼从事于他职业，其视欧洲政家之营业自由者迥殊趣矣。以此诸因，故高才之士，常不肯入政治界（其说详见华盛顿篇）。且美国政治家之种类，与欧洲亦异。欧洲政党所竞争者，大率在政府之诸大臣、国会之诸议员而已；而美国大小官吏，率由民选，且任期甚短。故选举频繁，一投身政党，势不得不以全力忠于本党，终岁为此仆仆，毫无趣味。故上流人士多厌之，除一党中数十重要人物之外，其余党员皆碌碌之辈也。而此重要人物者，又势不得不借彼碌碌辈以为后援。而此碌碌辈，果何所利，而为一党供奔走乎？既无社交之特权，亦非有可歆之名誉，然则所借以为饵，官职而已。官职所以能为饵者，廉俸而已。故美国殆无无俸之官（欧洲则此等名誉职多有），此即所以驱策中下等人之具也。

任用官吏成拍卖场

美国自一八二八年以后，至一八八三年以前，其任用官吏法，殆如一市场。每当大统领易人之年，则联邦政府所属官吏，上自内阁大臣、各国公使，下及寒村僻县之邮政局长，皆为之一空。使新统领而与旧统领同党派也，则犹或不至此甚，若属异党，则真如风吹落叶，无一留者，此实千古未闻之现象也。此例自昃臣氏为大统领时（一八二八年）始开之，一就任即易官吏五百余人（前此华盛顿在任，八年中所免黜官吏不过九人。自遮化臣至门罗为大统领，二十年间免黜者不过六十人），以酬选举时助己者之劳。此风一开，遂为成例，故大统领林肯尝云，区区白宫（按：即大统领官邸），遂将为请谒者（按：宁谓之要求者）所踏倒。而某氏稗史记大统领加弗自就任以至被弑时，凡七月间，除应酬党员之索官者，更无他事。纲纪泯梦，至是而极。盖数十年间，美国之官吏，成一拍卖场耳。

谄上与谄下

专制国之求官者，则谄其上；自由国之求官者，则谄其下。专制国则媚兹一人；自由国则媚兹庶人。谄等耳，媚等耳，而其结果，自不得不少异。虽然，以之为完全之制度，则俱未也。

英国亦有政党，英国之政党亦竞争，然其弊不如美国之甚者，何也？窃尝论之，英国政党之战，惟有大将有参谋有校尉而已。美国政党之战，则并有无量数之兵卒。兵卒者何？即吾前所谓碌碌之中下等人物是也。此辈于生计上学业上皆不能自树立，而惟以政治为生涯；其尽瘁于党事也，以是为衣食之源泉也。故此辈者，实政界之虮也。

非民主之弊

论者或以此为民主政治之弊，以余论之，则此弊实缘美国之地理上习惯上而生者（参观《华盛顿篇》"第一流人物何故不入政界乎"诸节）。使美国而易他种政体，其腐败亦当若是。使民主政体而行于他国，其腐败或亦不至若是。

虽然，美国国民何故默许此等举动乎？此不得不谓为迷信共和之所误也。当戾臣氏之破坏旧章而任其私人也，乃宣言曰：官职之屡屡更迭，是共和政治之原理也。于是国民咸翕然信之，流弊遂至于此极。此又与选大统领好用庸材，同一迷见者也。

官职屡易不利国家

官职屡屡更迭之不利于国家，近今政治学者如伯伦知理、波伦哈克辈言之详矣。夫一国中重要诸职，屡屡更迭，犹且不利，而况于各种之实务乎？官如传舍，坐席不暖，人人有五日京兆之心，事之所以多凝滞也。英国每次更易政府，其所变置之职位，仅五十员内外耳（大率皆中央政府各部重要之地位，日本诸国亦然）。而美国乃至举全体而悉易之，此实共和政治之最大缺点也。迨千八百八十三年，改正官吏登庸法案，其弊稍减，然犹未能免。

市政腐败

历代大统领中虽多庸材，然其以贪黩闻者尚无一人。盖大统领总算一党中上流人物，终知自爱也。而其最腐败者，莫如市政。据布黎氏《美国政治论》所记，纽约一市，平均每年选举费（选举时投票场中建置，监督各费用）二十九万元，系由各候补人所担任者（无论何人，欲自为候补人可也，但无论入选不入选，必须担任选举费之一部分。两候补者争选举，则两人分任之。十候补者争选举，则十人分任之）。然公费之外，尚有各党派之运动费，共约四十余万元，合公费计之六七十万元（美金）。（附注：布氏书千八百九十年出版，近日不知有增否）其势不得不皆出诸入选得官之人。而此辈者岂其自倾私囊以易此无足重轻之官也，其究也仍取偿之于市而已。故市中极闲散之官吏，率皆受极厚之廉俸。得官者例须割其廉俸之一部分还诸党中，以为下次争选举之用。是市也者，以己之公产，扶持己之虐主，使其势力愈积久而愈巩固也。而其滥用职权，蹂躏公益，又事势之相因而至，万不能免者矣。故美国诸大市中，如纽约、费尔特费等，常为黑暗政治之渊薮，非无故也。（附注：此布黎氏著书时之现象也，近屡改良。）

选举之频数

布氏又论美国选举之频数，举阿海和省为代表而论之：

第一种联邦官职｛大统领…………每四年一回
　　　　　　　下议院议员………每二年一回

第二种本省官职｛公共土木委员…………每年一回
　　　　　　　高等法官……………每年一回
　　　　　　　本省总督及政府各大臣…各每二年一回

第二种本省官职｛代表本省之联邦上议院议员……每二年一回
　　　　　　　本省学务委员及高等法院书记…各每三年一回
　　　　　　　本省财政检查委员……………每四年一回

第三种各府官职｛巡行裁判官…………每二年一回
　　　　　　　民事裁判所法官………每二年一回
　　　　　　　本省评定物价委员………每十年一回

第四种各县官职｛县长及县委员…………各每年一回
　　　　　　　医院理事人……………每年一回
　　　　　　　县会计员及验尸员………各每二年一回
　　　　　　　本县财政检查委员、登录者、
　　　　　　　测量家、民事裁判所书记官、
　　　　　　　遗产裁判所委员等………各每年一回

第五种各市官职	警察委员	每一年一回
	医院理事员	每一年一回
	水道委员	每一年一回
	市长、市书记及市财政检查委员	各每二年一回
	下等法官及警察署附属法官	各每二年一回
	街道委员及工师	各每二年一回
	救火局委员	每二年一回

选举次数五倍欧洲

今以该省中最大之市先丝拿打为代表：其市中之投票所，则每一年所行之选举凡七次，每二年所行之选举凡二十一至二十六次，每三年所行之选举凡八次，每四年所行之选举凡二次，每五年所行之选举凡一次，每十年所行之选举凡一次，合计每年平均所行选举约共二十二次。夫以欧罗巴各国，每年平均所行选举不过三、四次，最多至五次而极矣。而美国乃四、五倍之，无论其人民政治上之知识若何发达、若何高尚，终不能举二十二种之人物而识别之，确信某甲宜于某职、某乙长于某才，此事之至易见也。于是乎不得不以政党运动员为虾，而自为其水母。（按：余所见美国选举多有同时并选数职者，各政党自印刷出许多投票用纸，上将某职举某甲，某职举某乙印出，投票者直取其纸而用之耳。）此大政党所以独霸政界之原因一也。又如上所陈选举费运动费如此其浩繁，其党派非有大力者断不克任，且不敢妄充候补人。此大政党所以独霸政界之原因二也。质而言之，则美国之政治史，实其党派史之合本而已。

大政党独霸政界

以上所论，言美国民主政治之缺点居多。虽然，以赫赫之美国，岂其于政治上无特别善良之处，而能致有今日者？其所长者多多，固不待问，余亦稍有所心得，但今以编辑之无余裕，姑略之，以俟异日。

四十七

妇女地位

西人有恒言曰：欲验一国文野程度，当以其妇人之地位为尺量。然耶？否耶？凡游美者，皆谓美国之风，女尊男卑，即美国人亦自谓然。以余观之，其实际断非尔尔，不待辩也。虽然，谓美国妇人之地位，在万国中比较的最高尚者，则余信之。观其表面之现象，则凡旅馆、凡汽车以及诸等游乐之具，往往为妇女设特别之室，其华表远过于男室。道中男子相遇，点头而已，惟遇妇人必脱帽为礼。在高层之升降机室中，一妇人进，则众皆脱帽。街中电车坐位既满，一妇人进，诸男必起让坐（此风在东方诸市，如纽约、波士顿等，不甚行）。繁文缛节，如见大宾。然此不徒对于上流社会为然也，即寻常妇女亦复如是，此实平等主义实行之表徵也。

职业及法律之权利　妇女选举权问题

至其内容实权，亦有甚进步者。其在专门高等之职业，日与男子相争竞，如女医生、女律师、女新闻主笔、女访事、女牧师、女演说家，皆日增月盛。其他如各官署、各公司之书记，各学校之教师，尤以女子占最大多数，男子瞠乎后焉。其法律上之权利，各省虽小有异同，然其大端不相远，大抵一切私权，皆与男子立于同等之地位。无论既婚未婚之妇人，皆有全权自管理其财产；夫死之后，皆得为其子女财产之代理人。此实美国妇人权利优于他国者也。（附注：美国当一八九六年以前，犹未许妇人为子女之代理人。）妇人选举权之议，自初建国时即有倡之者。及放奴功成之后，其运动益盛。盖据独立檄文人类平等之大义，白黑种之界限既除，则男女性之界限亦不可不破，此其理想之源泉也。自兹以来，北部及西部诸省多数之国民，热心此事，屡以妇人选举权法案提出于本省立法部，且频议修正联邦宪法，加入此条。然此修正案殆未易得可决，惟威阿明、夭达、华盛顿三省之本省宪法曾许可之，而夭、华两省旋改正废弃。今美国诸省中，惟威阿明省尚有此权云。实则妇人干涉政治，在今日之社会，实利少而弊多，伯伦知理辈论之详矣，其法案之久不能通过也亦宜。（附注：澳洲之纽西仑、遏得力、西澳、武斯米尼亚诸省皆有妇人选举权，闻前十年纽西仑曾有一妇人被选为市会长，男子皆梗其号令，不久遂辞职云。）其学务委员之选举权、被选举权，则现今有十四省许诸妇人者。然彼等大率放弃此权，不知宝贵。闻有某市人口二十万，当选举学务员投票时，妇人至者不过二三百。又马沙诸些省初行此例时，妇人至者甚众，其后年减一年云。由是观之，妇人之加入政界，非徒不可，抑亦不能矣。

劳力者之地位

美国劳力者之地位，亦日高一日。"劳力者神圣也"，此言殆美国通用之格言也。其原因盖由社会党自争权利之思想日炽，亦由上流社会慈善事业之日盛，两者相提携，而得此进步。其庸率既日渐增高，而各大公司又往往多建房屋贷诸职工而不徵其廛税，又或设特别之学校及游戏运动场者，以教育其职工之子女，此所谓富而好行其德者非耶？各市中之铁道电车，大率凡劳力者仅收车费之半额。各游戏场之景物，须纳钱乃能入观者，劳力家大率皆减半焉。要之美国之优待劳力者，大率如日本之优待军人。彼劳力者，亦商战国最重要之军人也，其特别优待之也亦宜。

其余琐屑风俗，有趣味者颇多。丛稿盈箧，检阅眼花，太费时日，兹并略之，读者谅焉。

四十八

归途

初八日，复至钵仑。会所已迁，焕然一新。留一夕与诸同人作长夜谈，欢可知矣。翌日，行。

初十日复至加拿大之温高华。新建之会所，已于一月前落成矣，轮奂堂皇，整齐严肃，令人起敬。加拿大为维新会起点之地，而其内部之发达进步，亦为各市冠。今次以会所新成，合七省选举议员，以十一月开议会。各议员由会员全体投票公举，纯用文明国自治制度。

送行电报九十六通

十二日，遂乘"中国皇后"船返亚洲。其日接到各市同志送行电报九十六通。"桃花潭水深千尺，不及汪伦送我情"，至可感也。午后登舟，送行于海岸者百余。爆声巾影，绵亘一时许。夜间至域多利，未登岸，遂行。翌日晨起，回望新大陆，青山一发，微横海天际而已。

廿三日至横滨。翌日，诸同志开欢迎会于大同学校。

〔附〕 新旧译名对照

A

阿海和省	（俄亥俄州）
阿利根省	（俄勒冈州）
阿图和	（渥太华）
埃的荷省	（爱达荷州）

B

比里斯宾	（布里斯班）
俾尼士	（威尼斯）
必珠卜	（匹兹堡）
滨士温尼亚省	（宾夕法尼亚州）
钵岺、钵仑	（波特兰）
波的摩	（巴尔的摩）
布列地士哥伦比亚	（不列颠哥伦比亚）

D

大统领加弗	（加菲尔德总统）
大统领昃臣氏	（杰克逊总统）
丹们奇勒党	（民主党）
的拉华省	（特拉华州）

F

费尔特费	（费城）
莆的拉里士党	（联邦党）

G

干涅底吉省	（康涅狄格州）
哥他省	（〔南、北〕达科他州）
哥仑比亚	（哥伦比亚）

H

哈佛	（哈德福特）
哈弥儿顿	（哈密尔顿）
汉挪路卢	（火奴鲁鲁）
乌修威	（新南威尔士）

J

奇尔港	（基尔港）
加镡宽尼省	（加利福尼亚州）
柯利根省	（俄勒冈州）

恳士雪地　　　　　　　　　（堪萨斯城）

坤锡兰　　　　　　　　　　（昆士兰）

L

来复报　　　　　　　　　　（周报）

笠荣士顿　　　　　　　　　（利文斯通）

利帕璧力根党　　　　　　　（共和党）

利士般　　　　　　　　　　（里斯本）

路易安拿省　　　　　　　　（路易斯安那州）

罗省技利　　　　　　　　　（洛杉矶）

洛奇佛拉　　　　　　　　　（洛克菲勒）

M

摩尔达　　　　　　　　　　（马耳他）

马沙诸些省　　　　　　　　（马萨诸塞省）

麦克士　　　　　　　　　　（马克思）

满地可　　　　　　　　　　（蒙特利尔）

美利仑省　　　　　　　　　（马里兰州）

门治斯达　　　　　　　　　（曼彻斯特）

迷梭里省　　　　　　　　　（密苏里州）

米尼梭达省　　　　　　　　（明尼苏达州）

N

奈渣兰　　　　　　　　　　（丹麦）

纽柯连	（新奥尔良）
纽威士绵士打	（新韦斯特明斯特）
纽西仑	（新西兰）
纽英仑	（新英格兰）

Q

| 气连拿 | （赫勒拿） |
| 切市省 | （堪萨斯州） |

S

沙加免图	（萨克拉门托）
舍路	（西雅图）
索士比亚	（莎士比亚）

W

威阿明省	（怀俄明州）
威治尼亚省	（弗吉尼亚州）
温门省	（佛蒙特州）
汶天拿省	（蒙塔纳州）

X

星加坡	（新加坡）
先丝拿打	（辛辛那提）
新英兰	（新英格兰）
雪梨	（悉尼）

Y

亚尔拔尼	（阿尔巴尼）
夭达省	（犹他州）
耶路大学	（耶鲁大学）
伊里女士省	（伊利诺斯州）
嗌架	（英亩）
域多利	（维多利亚）

Z

遮化臣	（杰斐逊）
芝加高	（芝加哥）
志布罗尔达	（直布罗陀）
志挪亚	（热那亚）